Fjodor Ursus

Die Märchen mit dem Nackten Bären

Märchen ohne didaktische Härte

Zu Person

Fjodor Ursus ist aufgewachsen und wohnt seit Jahrzehnten in Berlin. Da er vom Märchen-Schreiben nicht leben kann, arbeitet er im Dienstleistungssektor und kümmert sich um die vielen Touristen, die nach Berlin kommen. Warum schreibt er Märchen? Weil er als Kind gern Grimms Märchen gelesen hat und er sich und denen, die sich dafür begeistern können, ein Freude machen möchte.

© 2011 Fjodor Ursus
Herstellung und Verlag: Books on Demand GmbH, Norderstedt
ISBN 9783842345805

Die Märchen mit dem Nackten Bären

Märchen ohne didaktische Härte

"Laß mich doch ein, Bruder, ich muß doch wo einkehren; hätten sie mich in der Hölle aufgenommen, so wäre ich nicht hierher gegangen." – *"Nein"*, sagte der heilige Petrus, *"du kommst nicht herein!"* – *"Nun, willst du mich nicht einlassen, so nimm auch deinen Ranzen wieder, dann will ich gar nichts von dir haben"*, sprach Bruder Lustig. *"So gib ihn her"*, sage der heilige Petrus. Da reichte er den Ranzen durchs Gitter in den Himmel hinein, und der heilige Petrus nahm ihn und hing ihn neben seinem Sessel auf. Da sprach der Bruder Lustig: *"Nun wünsch ich mich selbst in meinen Ranzen hinein."* Husch, war er darin und saß nun im Himmel, und der heilige Petrus mußte ihn darin lassen.

Auszug aus *Bruder Lustig*, Grimms Märchen

Für Hannah,

ohne die diese Märchen nie entstanden wären

Inhaltsverzeichnis

Einführung

Liebe Leserin, lieber Leser

Dies sind die Märchen mit dem Nackten Bären. Es mag dem einen oder anderen von Euch bzw. von Ihnen vermutlich etwas seltsam erscheinen, dass die Hauptfigur einer Serie von Märchen ein – jawohl - nackter Bär ist. Das christlich geprägte Abendland hat trotz der philosophischen und sexuellen Aufklärung noch immer oft genug den Sündenfall im Schädel, wenn es um Nacktheit geht. Diese Märchen aber sind genauso jugendfrei oder auch nicht wie Grimms Märchen!

Der Ursprung

Die Anregung zu einem und später vielen Märchen, in dem bzw. in denen ein nackter Bär auftaucht, kam bei dem Erfinder des Nackten Bären, Fjodor Ursus, schon vor langer Zeit zustande: Sie entsprang einem Märchen der Kinder- und Hausmärchensammlung der Brüder Grimm. In dem Märchen *Der Bärenhäuter* sagt eine junge Frau, die einen verwahrlosten Mann heiraten soll, nur weil der viel Geld hat, folgendes: *"Wie kann ich einen Mann nehmen, der keine menschliche Gestalt mehr hat? Da gefiel mir der rasierte Bär noch besser, der einmal hier zu sehen war und sich für einen Menschen ausgab, der hatte doch einen Husarenpelz an und weiße Handschuhe."* Ein rasierter Bär ist – wörtlich genommen – eine äußerst lustige Erscheinung, und da Kinder in der Regel Märchen häufig zu hören bekommen, werden diese sich wohl nicht Gedanken um den vermutlich beabsichtigten metaphorischen Gehalt der Aussage *rasierter Bär*, die später noch mit *Husarenpelz* (kulturelle Zuweisung) und *weiße(n) Handschuhe(n)* (Kaschierung der Kulturzugehörigkeit) ausgeschmückt wird, machen. Also, nicht ein irgendwie mit animalischen Attributen verbrämter Barbar aus dem slawischen Raum, sondern einfach ein nackter Bär erscheint mit einem Mal auf der Bildfläche.

Der nackte Bär und Der Nackte Bär

Genau dies war für Fjodor Ursus der Ausgangspunkt. In dem *Pilotmärchen – Der nackte Bär und das Bauernmädchen* taucht der Nackte Bär zum ersten Mal auf, sozusagen in einer Hauptrolle. Da er hier noch unbekannt ist, schreibt sich der Nackte Bär in diesem Märchen auch noch klein, also *"der nackte Bär"*. Erst ab diesem Märchen, also in jedem der folgenden Märchen - gibt es den Nackten Bären als Eigennamen in Großschreibung. In *Der nackte Bär und das Bauernmädchen* wird auch erklärt, dass er einmal vor Unterernährung seine Haare verloren hat und seitdem nackt ist (Natürlich ist klar, dass echte Bären monatelang nichts fressen, wenn sie Winterschlaf halten und danach immer noch ihr Fell haben. Aber in Märchen geschehen nun mal seltsame Dinge, und Fjodor Ursus ist schließlich kein Biologe oder Tierarzt).

Die Botschaft

Tatsächlich enthalten die Märchen auch eine Botschaft, nämlich die, dass Veränderungen zum Guten auch durch Zufall stattfinden können, d.h. ohne moralisch kalkuliertes Handeln. Denn wer mag schon den erhobenen Zeigefinger! Dies zielt auf die Kraft des Absurden ab (z.B. jemanden versehentlich anniesen und ihn anstecken, wie in einem Fall die böse Hexe, die daran zugrunde geht, was eben gut ist). Fast alle Märchen mit dem Nackten Bären sind so aufgebaut. Es gibt keine vordergründige Moral wie in vielen Volksmärchen. Die Wendung vollführt meist der Nackte Bär als feste Größe, ganz wie im antiken Theater die Deus ex machina (überraschendes Eingreifen der Gottheit), die alles auflöst in der berühmten Schlusswende.

Viel Vergnügen

Der nackte Bär und das Bauernmädchen

Es war einmal ein armes Bauernmädchen, das wohnte zusammen mit seinen Eltern in einer Bauernhütte. Eines Tages sagte die Bäuerin zu dem Bauern: *"He Bauer, du musst heute zum Markt gehen und unsere Kuh verkaufen. Die Kuh ist alt und gibt keine Milch mehr. Du musst aber trotzdem versuchen, ein gutes Geld auszuhandeln. Nimm unsere Tochter mit, sie ist gescheiter als du .Sie wird dir dabei helfen."* Also machten sich der Bauer und seine Tochter auf den Weg zum Markt. Als sie eine Weile gelaufen waren, kam ein Fuchs des Weges. Der sah erbärmlich aus. Er sagte zu den beiden: *"Bitte gebt mir was zu essen, ich habe schon seit einer Woche nichts mehr in meinen Magen bekommen."* Da gaben sie ihm etwas Brot. Als sie wieder ein Stück gelaufen waren, kam ein Wolf des Weges. Der sah schlimmer aus als der Fuchs. Er sagte zu den beiden: *"Bitte gebt mir was zu essen, ich habe schon seit zwei Wochen nichts mehr in meinen Magen bekommen."* Auch dem Wolf gaben sie etwas Brot. Als sie wieder ein Stück gelaufen waren, kam ein Bär des Weges. Der sah ganz krank und schwach aus. Er sagte zu den beiden: *"Bitte gebt mir was zu essen, ich habe schon seit drei Wochen nichts mehr in meinen Magen bekommen."* Da sagte der Bauer: *"Ach mein lieber hungriger Bär, wir haben unser Brot schon dem Fuchs und dem Wolf gegeben, und unsere Kuh können wir dir nicht lassen. Wir müssen Sie auf dem Markt verkaufen, sie ist das Einzige, was wir noch haben. Sonst müssen wir selbst verhungern."* Der Bär sah sehr hungrig auf die Kuh. Schließlich hatte er ein Einsehen und trottete davon. Endlich kamen der Bauer und seine Tochter auf dem Markt an. Dank der klugen Tochter bekamen sie gutes Geld für die alte Kuh und traten den Heimweg an. Da trafen sie den Fuchs wieder. Der Fuchs erinnerte sich daran, dass sie ihm Brot gegeben hatten und so schenkte er ihnen eines seiner Kinder, damit sie einen schlauen, kleinen Freund hätten, denn Füchse sind sehr schlaue Tiere. Kurze Zeit später trafen sie den Wolf wieder. Auch der Wolf erinnerte sich daran, dass sie ihm Brot gegeben hatten und so schenkte er ihnen eines seiner Kinder, damit sie einen treuen und wachsamen Freund hätten, denn Wölfe sind wie die Hunde treu und wachsam. Kurze Zeit später trafen sie den Bären. Der Bär hatte immer noch nichts zu fressen gefunden. Daher waren ihm inzwischen alle Haare ausgefallen, und er war nackt. Weil der Bär aber sah, dass der Bauer und seine Tochter viel Geld für die Kuh bekommen und obendrein offenbar neue Freunde gefunden hatten, wurde er sehr wütend. Mit letzter Kraft stellte er sich auf seine Hinterpfoten und brüllte grimmig. Da bekamen der Bauer, der kleine Fuchs und der kleine Wolf es mit der Angst zu tun und nahmen Reißaus. Nur das Mädchen blieb stehen. Der Bär packte das Mädchen und verschwand mit ihm im Wald. Als der Bauer zu Hause ankam, erzählte er die Geschichte seiner Frau. Die Frau sagte nun zu dem kleinen Fuchs und dem kleinen Wolf: *"Ihr müsst unsere Tochter finden. Geht in den Wald und sucht sie."* Daraufhin durchsuchten sie den Wald. Sie suchten fast drei Tage und am Abend des dritten Tages wollten sie schon aufgeben, da sahen sie ein kleines Licht. Als sie näher kamen, erblickten sie eine kleine alte Hütte. Als sie in die Hütte hineinschauten, entdeckten sie das Bauernmädchen. Plötzlich öffnete sich ein kleines Türchen und ein schöner junger Prinz kam in die alte Hütte. Der Prinz gab dem Bauernmädchen einen Kuss und verschwand wieder durch die kleine Tür. Nun kamen der kleine Fuchs und der kleine Wolf in die Hütte. Da war die Freude groß. Das Mädchen erzählte, der nackte Bär habe sie in diese Hütte gebracht. Nachts ginge der nackte Bär dann immer durch das kleine Türchen in ein Zauberreich. In diesem Zauberreich würde aus dem nackten Bären dann ein schöner junger Prinz werden. Eine böse Hexe hatte nämlich den Prinzen, als er einmal durch den Wald geritten war, in einen Bären verzaubert, des Nachts musste er aber in einem Zauberreich der Hexe eine schwierige Aufgabe lösen: In dem Zauberreich der Hexe gab es ein großes Meer. Der Prinz sollte nun alle Wassertropfen zählen, aus denen dieses große Meer besteht. Schaffte er, alle Tropfen zu zählen, dann wäre er frei. Schaffte er es nicht, bekam er nichts zu essen, es sei denn, er könne Menschen, die er tagsüber im Wald treffe, überreden, ihm etwas abzugeben. Doch alle Menschen, die durch den Wald gingen, hatten Angst vor dem Bären, gaben ihm nichts und rannten obendrein schnell weg. Den Hunger spürte der Prinz aber nur tagsüber, wenn er als Bär im Wald hauste. Deswegen waren dem Bären schon vor Hunger die Haare ausgefallen. Gern hätte das Bauernmädchen dem Prinzen geholfen, doch die Hexe wohnte in dem Zauberreich, und jeder Mensch, der das Zauberreich betrat, musste sofort sterben. Als der kleine Fuchs und der kleine Wolf die Geschichte gehört hatten, waren sie sehr traurig. Da hatte das Mädchen aber eine Idee. Die Hexe hatte nicht die Macht, Tiere zu töten. Im Gegenteil, wenn eine Tier die Hexe berührte, musste sie sterben. Deswegen sollten der kleine Fuchs und der kleine Wolf dem Prinzen helfen, die Hexe zu vernichten. Am nächsten Abend versteckte der Prinz die beiden unter seinem Mantel und machte sich wie jede Nacht auf zum Meer des Zauberreiches, um die Tropfen zu zählen. Am Strand wartete schon die Hexe, um sich an der mühsamen Zählerei des Prinzen zu erfreuen. Doch nun ließ der Prinz den kleinen Fuchs frei. Geschwind hüpfte er der Hexe entgegen. Doch die sprang zur Seite und der kleine Fuchs fiel ins Meer und ertrank. Da lachte die Hexe den Prinzen aus. Doch plötzlich packte sie der kleine Wolf am Bein und ließ die Hexe nicht mehr los. Langsam verfärbte sich die Hexe erst blau, dann grün dann rot. So fing sie an zu glühen und fiel rotglühend ins Meer - so, dass alles Wasser des großen Meeres verdampfte - bis auf einen einzigen Tropfen. Als die Hexe in den letzten Zügen lag, sagte der Prinz zu der Hexe: *"Dein Meer besteht aus einem einzigen Tropfen Wasser."* Da verendete die Hexe und ihr Zauberreich löste sich in Luft auf, und auch der kleine Fuchs war wieder lebendig. Kurz vor ihrem Tod hatte die Hexe aber dem Prinzen noch einen Fluch nachgesandt. Er musste die nächsten hundert Jahre als *der Nackte Bär* im Wald wohnen, während das Bauernmädchen, das er ja eigentlich hatte heiraten wollen, in einen hundertjährigen Schlaf versetzt wurde.

Und nun haust der Nackte Bär also für hundert Jahre im Wald und erlebt so manche Begebenheit, bis die Zeit gekommen und er wieder der Prinz ist und er endlich das Bauernmädchen heiraten kann.

Das Schwein und der Rabe

Es war einmal ein Bauer, der hatte ein Schwein. Das Schwein war reichlich gemästet und daher schön fett geworden. Nun wollte es der Bauer zum Markt bringen, um es dem

Schlachter zu verkaufen. So zog er los und trieb sein Schwein mit einem Stöckchen vor sich her. Wie die beiden so eine Weile gelaufen waren, da saß ein Rabe am Wegesrand. Der krächzte zu dem Schwein, denn die Tiere verstehen sich ja untereinander: *"Der Bauer bringt dich zum Schlachter. Der Bauer bringt dich zu Schlachter."* Dem Schwein wurde Angst und Bange. Es lief von nun an immer langsamer, und der Bauer musste es mehr und mehr antreiben. Nach einiger Zeit saß wieder der Rabe am Wegesrand und krächzte erneut*: "Der Bauer bringt dich zum Schlachter. Der Bauer bringt dich zum Schlachter."* Da wurde das Schwein noch ängstlicher und lief nun so langsam, dass es von einer kleinen Schnecke überholt wurde. Der Bauer ärgerte sich und triezte das arme Schwein mit Stockschlägen, so dass es weitergehen musste. Nachdem nun wieder eine Zeit vergangen und der Markt nicht mehr fern war, setzte sich der Rabe abermals an den Wegesrand und rief*: "Der Bauer bringt dich zum Schlachter. Der Bauer bringt dich zum Schlachter."* Da blieb das Schwein nun stehen. Der Bauer aber hatte endlich begriffen, dass das Schwein immer Angst bekam, wenn der Rabe am Wegesrand saß. Er nahm einen Stein und warf ihn nach dem Raben. Der Stein traf den Raben, so dass der nur noch einmal krächzte und dann tot umfiel. Den Bauer freute es. Doch wie er sich nach seinem Schwein umsah, war das schnell auf und davon in den Wald gelaufen. Der Bauer lief nun wütend hinterher, konnte es aber nicht wiederfinden. Da traf er den Nackten Bären und fragte ihn*: "Hast du wohl mein Schwein gesehen?"* – *"Nein."* antwortete daraufhin der Nackte Bär. *"Hier ist seit Ewigkeiten niemand vorbeigekommen."* So musste der Bauer ohne sein Schwein wieder nach Hause gehen. Das Schwein aber hatte sich die ganze Zeit hinter dem Nackten Bären versteckt. Von nun an lebte es im Wald und traf bald darauf auch eine entlaufene Sau. Die beiden gründeten eine Familie und bekamen viele kleine Schweine als Nachwuchs. Und wenn sie nicht gestorben sind, dann leben sie heute noch in dem Wald.

Die kleine Prinzessin und der Elefant

Es war einmal ein König, der hatte nur einziges Kind: seine kleine Prinzessin. Weil die kleine Prinzessin aber keine Geschwister hatte, war ihr oft sehr langweilig. Eines Tages sagte sie zu ihrem Vater, dem König: *"Lieber Vater, ich möchte gern einen Spielgefährten haben."* – *"Nun ja."* antwortete der König, *"Was meinst du denn damit genau?"* fragte er dann weiter. *"Einen Elefanten."* antwortete daraufhin die kleine Prinzessin. Der König grübelte. *"Einen Elefanten. Ist der nicht ein bisschen zu groß für dich, meine kleine Prinzessin?"* sagte da der König und schmunzelte dabei. Das ärgerte die kleine Prinzessin, die erwiderte: *"Nein, ein Elefant ist nicht zu groß für mich. Schließlich bin ich ein Prinzessin, also eine Königstochter! Und einer Königstochter haben auch große Elefanten zu gehorchen!"* Der König kratzte an seinem Bart und sagte: *"Da hast du Recht. Einer Königstochter muss auch ein Elefant gehorchen."* Einige Zeit später brachte ein vom König beauftragter Kaufmann aus einem fernen Land einen Elefanten mit. Die kleine Prinzessin freute sich sehr, und - vielleicht mag es nun daran gelegen haben, dass die kleine Prinzessin eine Königstochter war, - jedenfalls der Elefant gehorchte ihr aufs Wort. Eines Tages ging die kleine Prinzessin wie so oft mit dem Elefanten im Schlosspark spazieren. Als sie an der Mauer des Schlossparks angelangt waren, gelüstete es der kleinen Prinzessin, auch einmal draußen im Wald mit dem Elefanten einen Spaziergang zu machen. Das hatte der König zwar verboten, aber die Wachen am Tor trauten sich nicht, die kleine Prinzessin aufzuhalten, denn sie hatten Angst vor dem großen Elefanten. Also ging die kleine Prinzessin mit dem Elefanten in den Wald hinein. Nach einiger Zeit trafen sie einen Fuchs. Der Elefant stutzte etwas. Doch die Prinzessin sagte nur: *"Das ist bloß ein Fuchs. Vor dem brauchst du keine Angst zu haben."* Da stampfte der Elefant kurz auf den Boden, und schon nahm der Fuchs Reißaus. Etwas später kreuzte ein Wolf den Weg. Diesmal blieb der Elefant stehen. Doch die kleine Prinzessin sagte: *"Das ist bloß eine Wolf. Die Menschen müssen sich vor ihm hüten. Aber du bist ein großer Elefant. Du brauchst keine Angst zu haben."* Da trompetete der Elefant einige Male sehr laut, und schon suchte auch der Wolf das Weite wie zuvor der Fuchs.

Nun spazierten die kleine Prinzessin und der Elefant vergnügt weiter. Sie gingen immer tiefer in den Wald, doch plötzlich stolperte die Prinzessin, fiel hin und schlug sich dabei an einem Stein ihr Knie auf. Sogleich schrie sie vor Schmerz ganz laut auf. Darüber wachte der Nackte Bär, über den die kleine Prinzessin nämlich gestolpert war, auf und stellte sich noch ganz schläfrig vor dem Elefanten hin. Der Elefant aber dachte, dass die Prinzessin so laut schreien würde, weil sie Angst vor dem Nackten Bären hätte. Daher packte ihn nun tatsächlich die Angst, und er lief so schnell er konnte weg. Als die kleine Prinzessin sich etwas beruhigt und festgestellt hatte, dass sie am Knie nur eine kleine Schramme hatte, sah sie hilflos zum dem Nackten Bären herüber. Der lächelte sie an und brachte die kleine Prinzessin zu dem Schloss zurück. Der Elefant indessen hatte sich wieder beruhigt und trottete in einigem Abstand hinter den beiden her.Von diesem Tag an achtete die kleine Prinzessin sehr darauf, dass der Elefant wirklich nur noch im Schlosspark mit ihr spielte, damit er sich nicht mehr erschrecken konnte. Die Tore der Schlossmauer wurden deswegen einfach so weit verkleinert, dass der Elefant nicht mehr hindurchpasste.

Der Nackte Bär aber besuchte die kleine Prinzessin noch sehr oft. Dabei bekam er dann immer ganz leckere Sachen zu essen. Der Elefant aber freute sich darüber, dass ihn von nun an keine bösen Überraschungen mehr heimsuchen konnten.

Der Wolf und das Schaf

Es war einmal ein Wolf, der hatte lange nichts gefressen. Er trabte unruhig im ganzen Wald umher, doch alle Tiere schienen zu wissen, dass der Wolf einen großen Hunger hatte, denn keines von ihnen ließ sich blicken. Da kam der Wolf an eine Lichtung, und auf der Lichtung stand ein einsames Schaf. Das Schaf hatte wohl seine Herde verloren und war daher eben von allen verlassen an diese Lichtung gelangt. Der hungrige Wolf lief zum Schaf und sagte: *"Guten Tag, mein liebes Schaf. Was machst du denn hier so allein?" – "Ich warte auf die anderen von meiner Herde. Sonst halte ich mich immer an das vorletzte Schaf. So kann ich immer Anschluss halten, aber heute sind alle auf einmal weggelaufen..",* antwortete da das Schaf. Während das Schaf dies sagte, war auf einmal Hundegebell zu hören. Das Schaf hielt kurz inne und sprach dann weiter: *"Ja, da kam nämlich...",* doch da sagte der hungrige Wolf voller Ungeduld: *"Das will ich gar nicht wissen. Ich werde dich nämlich jetzt fressen.",* und er öffnete schon seine große Schnauze. *"...der Nackte Bär."* sagte da das Schaf. Und plötzlich bekam der Wolf einen mächtigen Stoß und flog im hohen Bogen durch die Luft und schlug auf einen am Boden liegenden dicken Baumstamm auf, so dass es krachte. Der Nackte Bär war nämlich gerade mit dem Wolf zusammengestoßen. Zuvor war er schnell gelaufen und hatte sich im Lauf umgedreht, um nach seinen Verfolgern Ausschau zu halten und hatte so den Wolf übersehen. *"Guten Tag Nackter Bär."* sagte da das Schaf. – *"Guten Tag Schaf."* sagte der Nackte Bär. *"Wieso bist du so in Eile?"* fragte das Schaf. *"Na, ich habe mir etwas Brot und Speck von deinem Schäfer ausgeliehen. Das Zeug lag neben ihm herum als er schlief. Da dachte ich, er braucht es gerade nicht und habe es mitgenommen. Der Schäfer hängt aber wohl sehr an diesen Dingen. Jedenfalls hat er mir seine Hunde hinterher geschickt."* sagte der Nackte Bär. *"Ach geh nur einfach tiefer in den Wald. Da wird dich keiner finden. Ich werde den Schäfer schon aufhalten."* erwiderte da das Schaf. Der Nackte Bär bedankte sich und verschwand im Wald. Bald kamen aber die Hunde des Schäfers und schließlich der Schäfer selbst. Der hatte zwar zuerst den Nackten Bären wegen des Brotes und des Specks verfolgt. Unterwegs aber hatte er festgestellt, dass eines seiner Schafe fehlte, und deswegen gedacht, dass der Nackte Bär wohl auch noch ein Schaf gestohlen hätte. Nun aber war das fehlende Schaf des Schäfers genau jenes von der Lichtung, das der Wolf hatte fressen wollen, und das hatte der Schäfer jetzt wiedergefunden. Das Schaf sagte zum Schäfer nun, dass der Wolf das Brot und den Speck gestohlen hätte und dann auch noch das Schaf hatte fressen wollen. Zufällig wäre aber der Nackte Bär vorbeigekommen und hätte dem Wolf einen Tritt gegeben, so dass der nun da hinten auf dem Stamm liegen und kein Glied mehr rühren können würde. Als das der Schäfer hörte, war er sehr froh. Er ging zu dem Wolf, schlug diesen tot und rief dann laut nach dem Nackten Bären. *"Hallo Nackter Bär. Ich möchte mich bei dir bedanken dafür, dass du meinem Schaf das Leben gerettet hast!"*

Der Nackte Bär hatte alles aus sicherer Entfernung mitangesehen und dachte bei sich: *"Das müsste ja jetzt eigentlich gut für mich ausgehen."* Und er kam aus seinem Versteck hervor. *"Hier, mein lieber Nackter Bär."* Sagte da der Schäfer und reichte dem Nacken Bär einen dicken Kanten Brot und ein ordentliches Stück Speck. *"Ich habe ja immer noch eine zweite Portion dabei. Man kann schließlich nie wissen..."* Und so bekam der Nackte Bär doch endlich mal wieder etwas zu essen. Das Schaf aber achtete von nun an immer darauf, dass es bei seiner Herde blieb, und es lebte noch lange und glücklich weiter.

Das Schwein und das Huhn

Ein Schwein und ein Huhn hatten Freundschaft geschlossen und verbrachten die Tage immer gemeinsam miteinander. Sie führten ein einfaches aber einträgliches Leben. Eines Tages nun sagte das Schwein zum Huhn: *"Ich will einige Tage auf Reisen gehen und sehen, ob ich nicht etwas Geld für uns verdienen kann, damit wir es einmal ein bisschen besser haben."* – *"Nur zu. Ich brüte so lange das Ei aus."* Sagte da das Huhn. Und so machte sich das Schwein auf den Weg. Unterwegs traf es auf einen Tagelöhner. Als der das Schwein sah, sagte er zu ihm: *"Ei – mein schönes Schwein. Schweine bringen Glück, heißt es. Ich will dich einmal anfassen! Dann habe ich bestimmt großes Glück und finde eine gute Arbeit."* Als er sich zu dem Schwein bückte, stolperte er über einen Stein, brach sich das Genick und war sofort tot. *"Dem habe ich wohl kein Glück gebracht!"* Sagte da das Schwein zu sich selbst und setzte seinen Weg fort. Kurze Zeit später kam ein Kaufmann des Wegs. Als der das Schwein sah, sagte er zu ihm: *"Ei – mein schönes Schwein. Schweine bringen Glück, heißt es. Ich will Dich einmal anfassen! Dann habe ich bestimmt großes Glück mit meinen Geschäften."* Ehe das Schwein aber antworten konnte, hatte der Kaufmann dem Schwein ein Schlinge um den Hals gelegt und es an seinem Wagen festgebunden. Nun musste das Schwein mit dem Kaufmann mit, ob es wollte oder nicht. Der Kaufmann verkaufte das Schwein auf dem Markt an einen Schlachter und bekam gutes Geld dafür, da es ein recht kräftiges Schwein war. *"Da hast du mir ja ordentlich Glück gebracht!"* Sagte der Kaufmann noch zu dem Schwein, bevor er davonfuhr. *"Mir haben Schweine schon immer Glück gebracht."* Sagte da der Schlachter. Als er dann mit dem Schwein an der Schlachtbank stand, wollte er so tun, als ob er nichts Böses vorhätte und sagte zu dem Schwein: *"Ei – mein schönes Schwein. Schweine bringen Glück, heißt es. Ich will dich einmal anfassen! Dann habe ich bestimmt großes Glück mit meinem Handwerk."* In Wirklichkeit wollte er aber das Schwein nun schlachten. Doch als er zum tödlichen Hieb ausholte, da traf ihn der Schlag, das Beil fiel ihm aus der Hand und schlug in seinen Nacken, sodass er auf der Stelle tot war. Da lief das Schwein schnell davon. *"Dem habe ich wohl kein Glück gebracht!"* Sagte da das Schwein zu sich selbst und machte sich wieder auf den Heimweg. Unterwegs traf es den Kaufmann wieder. Der hatte eine gebrochene Achse an seinem Fuhrwerk und kam nicht weiter. Als er aber das Schwein erblickte, meinte er, das Glück wäre ihm nun wieder günstig, da er ja schon einmal gutes Geld an ihm verdient hatte. Wie er aber auf das Schwein zuging, stieß er mit etwas sehr Großem zusammen. Eh er sich versah, lag er schon unter dem Koloss, mit dem er zusammengestoßen und der auf ihn drauf gefallen war und war mausetot. Der Koloss war aber kein anderer als der Nackte Bär. *"Dem habe ich also auch kein Glück gebracht."* Sagte da das Schwein laut. *"Was?"* Fragte der Nackte Bär nun. *"Ach nichts."* Erwiderte da das Schwein. *"Der Kaufmann war ein schlechter Mensch. Er hat mich gefangen und dem Schlachter verkauft. Es geschah wohl recht, dass ihn jetzt der Teufel geholt hat."* Fügte es noch hinzu. *"Ich bin nicht der Teufel."* Sagte da der Nackte Bär. *"Nein. Und dir bringe ich bestimmt auch kein Glück. Ich gehe wohl lieber allein weiter."* Erwiderte das Schwein und lief nun schnell nach Hause zum Huhn. Das Huhn aber hatte inzwischen das Ei ausgebrütet und ein kleines Schwein mit Flügeln zum Kind bekommen. Da freuten sich das Schwein und das Huhn. Von nun an blieb das Schwein aber zu Hause, und sie lebten noch lange und glücklich mit ihrem geflügelten Schweinekind.

Die kleine Ente

Es war einmal eine kleine Ente, die wohnte an einem kleinen See. Eines Tages ließ sich ein Schwarm Heuschrecken an dem See nieder und fing an, die Entengrütze, mit der der halbe See bedeckt war, aufzufressen. Da wurde die kleine Ente sehr traurig und schrie um Hilfe. Zufällig kam da der Nackte Bär zum See gelaufen. Dieser lief sehr schnell, da er gerade von zahlreichem Bienenvolk verfolgt wurde. Er hatte nämlich zuvor aus einem Bienennest Honig genascht. Weil der Nackte Bär aber nackt ist, hatten die Bienen ein leichtes Spiel, wenn sie ihn stechen wollten. Daher rannte der Nackte Bär um so schneller. Endlich am See angekommen sprang er sofort ins Wasser genau an der Stelle, wo die Heuschrecken die Entengrütze wegfraßen. Da die Bienen nun den Nackten Bären nicht mehr sahen, weil der unter Wasser die Luft anhielt, stürzten sie sich vor Wut auf die Heuschrecken und stachen sie alle tot. Endlich tauchte der Nackte Bär wieder auf und setzte sich ganz außer Atem an das Ufer. Die kleine Ente aber freute sich nun darüber, dass die Heuschrecken alle tot waren und dass sie endlich wieder ihre Ruhe hatte.
Und was machte der Nackte Bär?
Der saß noch lange am See und schaute der kleinen Ente beim Entengrützeessen zu.

Der schwarze Berg

Es waren einmal drei Brüder, die lebten in einer Hütte auf einem Berg. Der Älteste war Holzfäller, der Zweite ein Schmied und der Dritte ein Faulenzer, der dies und das machte. Eines Tages sagte nun der Älteste Bruder zu den anderen beiden: *"Meine Brüder, ich habe genug vom Holzfällen. Ich werde in die weite Welt hinaus wandern und mein Glück versuchen. In einem Jahr werde ich zurück sein und euch erzählen, wie es mir ergangen ist."* Sie verabschiedeten sich von einander, und der Älteste ging seines Weges.

Nachdem ein Jahr vergangen war, kam der älteste Bruder in einer vierspännigen Kutsche, die mit schönen Holzverzierungen versehen war, zurück zu der Hütte. Er erzählte, dass er viel herumgewandert und schließlich an einen schwarzen Berg gekommen sei. Am Fuße des Berges stand ein Wuzzelmännchen: *"Wohin des Wegs?"*, fragte es. *"Den Berg hinauf"*, antwortete der älteste Bruder. *"Wenn du den Berg hinauf willst, muss du zuerst eine Aufgabe erfüllen."* sagte des Wuzzelmännchen. *"Was muss ich tun?"*, fragte der Älteste. *"Siehst du diesen großen Wald hier. Wenn du es schaffst, den Wald in einem halben Jahr abzuholzen, dann bekommst du eine Belohnung von mir und darfst auch auf den Berg hinauf."* Der Älteste sah sich den Wald an und da er Holzfäller war, ließ er sich auf den Handel ein. Nun musste er von morgens bis abends Bäume fällen, doch nach genau sechs Monaten hatte er auch den letzten Baum gefällt. Da tauchte das Wuzzelmännchen auf. Es schien sich darüber zu ärgern, dass der älteste Bruder die Aufgabe gelöst hatte und sagte: *"Du kannst nun eine zweite Aufgabe erfüllen und dann den Berg hinauf oder sofort eine Belohnung für das Abholzen des Waldes bekommen."* Der Älteste dachte bei sich, das Wuzzelmännchen will mich hinhalten und stellt mir immer neue Aufgaben, ich nehme doch lieber die Belohnung. Nun musste das Wuzzelmännchen den Handel einhalten und sagte sehr verärgert: *"Als Belohnung soll dir das ganze Holz gehören, das du geschlagen hast. Wenn du all das Holz verkaufst, wirst du ein gemachter Mann sein."* Gesagt getan. Der Älteste verkaufte das Holz, machte mit dem Geld allerlei Geschäfte und wurde ein wohlhabender Kaufmann. Als der zweite Bruder die Geschichte gehört hatte, wollte er auch nicht mehr länger in der Hütte bleiben und sagte: *"Meine Brüder, ich habe genug vom Schmieden. Ich werde in die weite Welt hinaus wandern und mein Glück versuchen. In zwei Jahren werde ich zurück sein und euch erzählen, wie es mir ergangen ist."* Sie verabschiedeten sich voneinander, und der Zweite ging seines Weges.

Nachdem zwei Jahre vergangen waren, kam der zweite Bruder in einer sechsspännigen Kutsche, die mit schönen Silberverzierungen versehen war, zurück zu der Hütte. Er erzählte, dass er viel herumgewandert und schließlich ebenfalls an einen schwarzen Berg gekommen. Auch bei ihm stand am Fuße des Berges das Wuzzelmännchen und frage ihn: *"Wohin des Wegs?"* - *"Den Berg hinauf."*, antwortete der zweite Bruder.

"Wenn du den Berg hinauf willst, musst du zuerst eine Aufgabe erfüllen.", sagte das Wuzzelmännchen. *"Was muss ich tun?"*, fragte der zweite Bruder. *"Komm mit."*, sagte das Wuzzelmännchen und führte ihn in eine große Höhle, die sich in dem schwarzen Berg befand. Sie gelangten an eine Stelle, an der in der Höhle ein riesiger Berg Silbererz lag. Dort sagte das Wuzzelmännchen: *"Wenn du es schaffst, diesen Berg aus Silbererz in einem Jahr einzuschmelzen und in Barren zu gießen, dann bekommst du eine Belohnung von mir und darfst auch den Berg hinauf."* Der zweite Bruder sah sich den Berg aus Silbererz an und da er Schmied war, ließ er sich auf den Handel ein. Nun musste er von morgens bis abends und auch einige Nächte durch das Silbererz schmelzen, doch nach genau einem Jahr hatte er den letzten Barren Silber gegossen. Da tauchte das Wuzzelmännchen wieder auf. Es ärgerte sich noch mehr als bei dem ältesten Bruder, dass die Aufgabe gelöst worden war und sagte: *"Du kannst nun eine weitere Aufgabe erfüllen und dann den Berg hinauf oder sofort eine Belohnung kassieren."* Der zweite Bruder dachte bei sich, der Älteste musste schon ein halbes Jahr den Wald fällen und ich nun ein Jahr lang des Silbererz verarbeiten, wer weiß, was für eine Aufgabe nun kommen mag? Ich nehme doch lieber die Belohnung. Auch diesmal musste das Wuzzelmännchen den Handel einhalten, und es sagte sehr verärgert: *"Als Belohnung soll dir das ganze Silber gehören, das du in Barren gegossen hast. Damit wirst du für immer ein gemachter Mann sein."* Gesagt getan. Der zweite Bruder kaufte sich von dem Silber ein Schloss und brauchte sein Lebtag nicht mehr zu arbeiten.

Da sagte sich der jüngste Bruder: *"Da die anderen beiden ihr Glück durch das Umherziehen gemacht haben, will ich es nun auch damit versuchen."* Also zog er los, kam hier und da hin und gelangte schließlich an den schwarzen Berg. Am Fuße des Berges stand wieder das Wuzzelmännchen und fragte: *"Wohin des Wegs?"* - *"Den Berg hinauf."* antwortete der jüngste Bruder. *"Wenn du den Berg hinauf willst, musst du zuerst eine Aufgabe erfüllen."*, sagte das Wuzzelmännchen. *"Was muss ich tun?"*, fragte der jüngste Bruder. Das Wuzzelmännchen überlegte eine Weile, es ärgerte sich wohl darüber, das der große Wald schon gefällt und der riesige Berg Silbererz schon eingeschmolzen waren. Dann sagte es etwas verlegen: *"Da liegt ein nackter Bär in meinem Bett und schläft darin. Wenn du es schaffst, ihn zu vertreiben, dann bekommst du eine Belohnung von mir und darfst auch den Berg hinauf."* Der jüngste Bruder dachte bei sich, es ist wohl leichter einen Bären zu vertreiben als ein halbes oder gar ein ganzes Jahr schwer zu arbeiten und ließ sich auf den Handel ein. Als er an das Bett kam, in dem der Nackte Bär schlief, holte der jüngste Bruder Brot und Speck hervor und hielt das Essen dem Nackten Bären vor die Nase. Der Nackte Bär roch den Speck und das Brot und öffnete die Augen. *"Guten Tag, Nackter Bär."* sagte der jüngste Bruder. *"Willst du etwas von meinem Brot und dem Speck haben?"* Fragte er den Nackten Bären. *"Ja, sehr gern.",* antwortete der Nackte Bär. *"Dann komm mit mir auf den Berg.",* sagte der jüngste Bruder. Der Nackte Bär war einverstanden und sie zogen los. Am Fuße des Berges stand wieder das Wuzzelmännchen. Wegen des Nackten Bären traute es sich aber nicht, etwas zu sagen. Da sagte der jüngste Bruder zu dem Wuzzelmännchen: *"Meine Aufgabe ist erfüllt. Der Nackte Bär liegt nicht mehr in deinem Bett. Wie steht es mit der Belohnung?"* Da sagte das Wuzzelmännchen sehr verärgert und auch etwas verschämt, weil keine Aufgaben mehr zu erledigen waren: *"Ich schenke dir den schwarzen Berg."* Da stiegen der jüngste Bruder und der Nackte Bär den schwarzen Berg hinauf. Als sie oben angelangt waren, stand dort ein prächtiges Schloss. Sie gingen in das Schloss, in dem gerade eine große Feier stattfand. Als der jüngste Bruder und der Nackte Bär fragten, was wohl der Anlass der Feier wäre, wurde ihnen gesagt, dass ein böser Zauberer das Schloss auf dem schwarzen Berg verzaubert hätte. Seitdem hätte niemand das Schloss verlassen oder auch besuchen können, denn nur wenn der große Wald gefällt, der Berg aus Silbererz geschmolzen und der Nackte Bär wach geworden wären, war der Fluch besiegt, und alle könnten wieder machen, was sie wollten. Dies war aber nun geschehen, und der böse Zauberer war niemand anderes als das Wuzzelmännchen gewesen, das nun verärgert in seinem Bett lag und erbost den Kopf zur Wand drehte.

Der Nackte Bär schlug sich nun im Schloss den Bauch voll, denn er hatte einen großen Hunger vom vielen Schlafen. Danach zog er wieder weiter. Der jüngste Bruder dagegen verliebte sich sogleich in die Prinzessin, die in dem Schloss wohnte, und kurze Zeit später heiratete er sie. Die Hochzeitsreise machten beide in einer goldbeschlagenen achtspännigen Kutsche, mit der sie auch die beiden Brüder besuchten. So lebten sie noch lange und waren sehr glücklich und bekamen noch oft Besuch von den Brüdern. Und wenn sie nicht gestorben sind, dann leben sie heute noch.

Der goldene Ring

Es war einmal eine Gans, die auf einem Bauernhof lebte und die neugierig den Erdboden nach etwas Fressbarem absuchte. Nachdem sie einige kärgliche Funde gemacht und diese gefressen hatte, fand sie auf einmal einen goldenen Ring. Sie schnappte nach ihm, um ihn in ein sicheres Versteck zu bringen. Ehe sie sich aber versah, hatte die Gans den Ring aus Versehen verschluckt. Der Zufall wollte es, dass die Gans an diesem Tag geschlachtet wurde. Die Innereien der geschlachteten Gans wurden dem alten Hofhund vermacht. Dieser fraß mit Genuss alles auf - samt Ring, denn den hatte die Magd wohl übersehen. Der alte Hofhund mit dem Ring im Magen wurde aber Tags darauf vom Hof gejagt, weil er den Fuchs im Hühnerstall wie schon so oft nicht bemerkt hatte, denn er hörte schlecht und hatte so vom aufgeregten Gegacker der Hühner nichts mitbekommen. So trottete der alte Hofhund durch den Wald und wusste nicht so recht wohin. Plötzlich tauchte vor ihm der Nackte Bär auf. Vor Schreck entleerte sich der alte Hofhund, und hinten kam alles heraus, was er hatte. Doch was war das?! Mitten in dem Unrat funkelte etwas. Es war der goldene Ring. *"Du kannst Gold scheißen."* Sagte da der Nackte Bär zu dem alten Hofhund. Der zögerte ein Weilchen, doch als er merkte, dass der Nackte Bär ein freundlicher Bär war, sage er: *"Das ist mein Altenteil!"* und fischte den Ring aus dem Kot. Da der Nackte Bär sich mit Gold auskannte, ging er zum Goldschmied und schlug einen guten Preis für das Stück heraus. Weil der Nackte Bär aber für den Schreck und somit für das zutage Treten des goldenen Ringes gesorgt hatte und weil der Nackte Bär schließlich den Ring auch entdeckt und dann auch noch für gutes Geld verkauft hatte, so lud der alte Hofhund den Nackten Bären vom Erlös des Ringes zu einem großen Festessen ein. Den vom Dauerhunger geplagten Nackten Bären freute das natürlich. Auch danach hatte der alte Hofhund keine Sorgen mehr und konnte noch bis an das Ende seiner Tage auf Kosten des Ringes leben. Und wenn er nicht gestorben ist, dann lebt er heute noch.

Der Fuchs und der Wolf

Ein hungriger Wolf zog durch den Wald auf der Suche nach etwas zu fressen. Es war Winter und die Zeiten waren nicht die besten. Da traf er den Fuchs und begrüßte ihn: *"Hallo Fuchs. Wohin des Wegs. Bist du auch so ausgehungert wie ich?"* – *"Aber nein."*, erwiderte der Fuchs. *"Ich habe mir gerade so den Bauch vollgeschlagen, dass mir schon ganz schlecht ist."*, fügte er noch hinzu. *"So? Wo denn?"*, fragte der Wolf. *"Nun,"*, sprach da der Fuchs *"es gibt hier ganz in der Nähe einen Bauernhof. Dort kann man sich reichlich bedienen, denn die Leute sind auswärts, und der Hof wird nur von einem alten zahnlosen Hund bewacht, der sich vor Angst in seine Hütte verkrochen hat."* – *"Nun, wenn das so ist, dann will ich mein Glück versuchen."*, erwiderte der Wolf. So führte der Fuchs den Wolf zu dem Bauernhof und wünschte ihm einen Guten Appetit. Als der Wolf aber auf den Bauernhof kam, schlugen drei junge kräftige Hunde an, worauf der Bauer, der nämlich doch zu Hause war, mit seiner Mistgabel und den Hunden auf den Wolf losging. Der Wolf nahm Reißaus und der Bauer und die Hunde liefen hinterher, um ihn zu schnappen. Inzwischen schlich der Fuchs, der sich seine Geschichte nur ausgedacht hatte und selber sehr hungrig war, in den Hühnerstall und machte so einigen Hühnern den Garaus und fraß sie auf. Seinem Freund, dem Nackten Bären, hatte er vorher Bescheid gegeben, so dass dieser heimlich dem Wolf und dem Fuchs hinterher geschlichen war. Nun zeigte der Fuchs dem Nackten Bären, wo die Speisekammer des Hauses war, so dass der Nackte Bär Speck, Wurst, Honig und andere Leckereien verspeisen konnte. So bedienten sich die beiden nach Herzenslust bis sie so richtig satt waren. Dann suchten sie das Weite. Den Wolf aber hat man nie wieder in der Nähe des Bauernhofes gesehen.

Das neue Schaf

Zwei Schafe standen an einem Hang auf ihrer Lieblingswiese und fraßen gemütlich Gras. Da gesellte sich ein neues Schaf zu ihnen und fraß ebenfalls Gras. Die beiden Schafe schielten argwöhnisch zu dem dritten Schaf hinüber. Nach einer Weile fing eines von den beiden Schafen damit an, das neue Schaf zu schubsen. Es schubste das neue Schaf so lange vor sich her, bis dieses über den zufällig auf der Wiese schlummernden Nackten Bären stolperte und dabei hinfiel. Darüber wachte der Nackte Bär auf und war sehr verärgert. *"Warum störst du mich?"* brummte der Nackte Bär missmutig, und während er das sagte, richtete er sich auf. Dabei verlor er, noch ganz schlaftrunken, das Gleichgewicht und fiel hinten über auf das schubsende Schaf. Das war sofort tot. Als der Nackte Bär wieder Aufstand, um nachzusehen, was passiert wäre, stieß er nochmals versehentlich gegen das tote Schaf, das daraufhin den Abhang hinunterrollte und in eine tiefe Schlucht fiel. Der Nackte Bär schaute verdutzt hinterher, setzte sich dann wieder hin und schlief bald darauf wieder ein. Das neue Schaf aber lief schnell davon und ward nie wieder gesehen.

Der schwarze Gral

Vor langer Zeit lebte einmal ein armer Mann mit seinen drei Söhnen in einem kleinen Dorf. Als es an der Zeit war, sagte der Mann zu den drei Söhnen: *"Länger kann ich nicht mehr für euch sorgen. Ihr müsst nun in die weite Welt hinausziehen und euer Glück versuchen. Hier habt ihr jeder einen Taler. Mehr kann ich euch nicht mitgeben."* So verließen die drei Brüder gemeinsam das Dorf. Nach einem guten Stück des Weges kamen sie an eine Kreuzung. Der Älteste sagte: *"Ich gehe in den Süden."* Der Zweite sagte: *"Ich gehe nach Westen."* Der Jüngste sagte: *"Nun, dann gehe ich nach Norden, denn aus dem Osten sind wir ja gekommen."* Sie verabschiedeten sich voneinander und versprachen, sich nach sieben Jahren im Hause ihres Vaters wiederzutreffen.

Als die sieben Jahre vergangen waren, hielt eine große Kutsche, von vier Pferden gezogen, vor der Hütte des armen Mannes. Aus der Kutsche stieg der älteste Sohn. Er erzählte dem Vater, dass er auf seinem Weg nach Süden viel gesehen und erlebt hätte. Schließlich hatte er von einem geheimnisvollen Wald gehört, in dem ein silberner Gral versteckt sei, und wenn man den Gral hätte, könnte man in Saus und Braus leben. Der geheimnisvolle Wald würde aber von einem bösen Zauberer bewacht werden. Als der Älteste dann in den Wald gekommen sei, hätte er aber keinen Zauberer gesehen. Im Gegenteil, schon nach kurzer Zeit hätte er den silberner Gral erblickt und mitgenommen. Dabei sei der silberne Gral voll von Silbermünzen gewesen. Fröhlich hatte der Älteste dann das Silber unter die Leute gebracht, doch als das letzte Silberstück verbraucht war, hatte sich der silberne Gral von selbst wieder mit Silbermünzen gefüllt. Jetzt wusste der Älteste, warum man in Saus und Braus leben konnte, wenn man den silbernen Gral hatte. Als der alte Vater die Geschichte gehört hatte, freute er sich über das Glück seines ältesten Sohnes.

Nun sahen die beiden noch eine Kutsche vor der Hütte halten. Diese, noch prächtiger als die erste, war mit Gold beschlagen und wurden von acht Pferden gezogen. Da stieg der zweite Sohn aus der Kutsche. Auch er musste sogleich Erzählen wie es ihm ergangen war. Er erzählte, dass er auf seinem Weg nach Westen viel gesehen und erlebt hätte. Schließlich hatte er von einem geheimnisvollen Berg gehört, auf dem ein goldener Gral versteckt sei und wenn man den Gral hätte, könnte man ein ganzes Königreich kaufen. Der geheimnisvolle Berg würde aber von einem bösen Zauberer bewacht werden. Als er dann aber zu dem Berg gekommen sei, hätte er gar keinen Zauberer gesehen. Im Gegenteil, schon nach kurzer Zeit hätte er den goldenen Gral erblickt und mitgenommen. Dabei sei der goldene Gral voll von Goldstücken gewesen. Vor Freude hatte der zweite Sohn dann

prunkvolle Feste gegeben, so dass das letzte Goldstück bald
verbraucht war. Doch sofort hatte sich der goldene Gral wieder
mit Goldstücken gefüllt. Jetzt wusste der zweite Sohn, warum
man ein ganzes Königreich kaufen konnte, wenn man den
goldenen Gral hatte.
Plötzlich war ein Brausen und Donnern zu hören. Als der alte
Mann und seine beiden Söhne aufsahen, erblickten sie ein riesige
Kutsche, die von zwölf Pferden gezogen wurden. Doch fuhr die
Kutsche nicht auf der Straße: Sie flog durch die Luft und landete
schließlich geradewegs vor der Hütte des alten Mannes. Aus ihr
stiegen ein Prinz und eine Prinzessin. Als der alte Mann genauer
hinsah, erkannte er in dem Prinzen seinen jüngsten Sohn. Nun bat
er auch den jüngsten Sohn, seine Geschichte zu erzählen.
Dieser erzählte, dass er auf seinem Weg nach Norden viel gesehen
und erlebt hätte. Schließlich hatte er von einer geheimnisvollen
Höhle gehört, in der ein schwarzer Gral versteckt sei und wenn
man den Gral hätte, könnte man die ganze Welt beherrschen. Die
geheimnisvolle Höhle würde aber von einem mächtigen bösen
Zwerg bewacht werden. Als er dann aber zu der Höhle gekommen
sei, hätte er gar keinen Zwerg gesehen. Er hätte aber den
berühmten Nackten Bären in der Höhle angetroffen, der in einer
Ecke der Höhle geschlafen habe. Diesen hatte er dann geweckt
und nach dem schwarzen Gral gefragt. *"Da drüben steht etwas."*
Hatte der Nackte Bär dann gesagt und tatsächlich fand der jüngste
Sohn daraufhin auch gleich den schwarzen Gral. Inzwischen war
der Nackte Bär aufgestanden und sah, dass er die ganze Zeit auf
einem Zwerg gelegen hatte. Dies war aber der mächtige böse
Zwerg gewesen, der den schwarzen Gral bewachte. *"Den habe
ich gar nicht gesehen."* Sagte der Nackte Bär und schüttelte den
Zwerg. Doch es war zu spät. Der böse Zwerg war schon längst tot.
Plötzlich aber waren vielen Stimmen zu hören, und die vielen
Steine in der Höhle verwandelten sich in einen Hofstaat, denn der
böse Zwerg hatte ein Königreich verzaubert und in dieser Höhle
versteckt. Auf einmal verwandelte sich auch der schwarze Gral,
und zum Vorschein kam eine schöne Prinzessin. Als der jüngste
Sohn die Prinzessin erblickte und diese ihn, verliebten sich beide
ineinander. Die Prinzessin war aber die Tochter einer guten Fee,
die der böse Zwerg auch in einen Stein verzaubert hatte, doch nun
waren alle wieder erlöst. Sie erzählte dem jüngsten Bruder nun,

das der Zwerg auch noch zwei böse Brüder gehabt hätte, von denen der eine auf einem Berg und der anderen in einem Wald ihr Unwesen getrieben hätten. Dank des Nackten Bären waren aber mit dem bösen Zwerg auch dessen böse Brüder, die Zauberer, gestorben, die alle drei durch ein unsichtbares Band des Schicksals zusammengehalten worden waren: Starb einer, dann mussten alle sterben. Der jüngste Sohn und die Prinzessin bedankten sich noch einmal bei dem Nackten Bären und feierten bald darauf Hochzeit. Nun konnte sich aber der jüngste Sohn von der Prinzessin wünschen, was er wollte, denn schließlich war sie als Tochter einer Fee selbst eine Fee und so in der Lage, selbst zu zaubern, und sie erfüllte ihm seine Wünsche gern, weil er sie erlöst hatte und natürlich, weil er sie liebte. Jetzt wusste er, warum man die ganze Welt beherrschen konnte, wenn man den schwarzen Gral hatte.

Damit endete die Geschichte des jüngsten Sohnes. Die beiden älteren Brüder verstanden nun, warum es so leicht gewesen war, den silbernen und goldenen Gral zu holen, und alle waren zufrieden und glücklich und lebten noch eine lange Zeit. Und wenn sie nicht gestorben sind, dann leben sie heute noch.

Der Floh

Es war einmal ein Hund, der diente auf einem Bauernhof. Nachdem er nun viele Jahre lang den Hof bewacht und alles mögliche Gesindel in die Flucht geschlagen hatte, starb der alte Bauer. Den Hof übernahm aber der Stiefsohn des verstorbenen Bauern. Dieser wollte dem alten Hund aber sein Gnadenbrot nicht geben, und so verjagte er ihn von seinem Hof. Da trottete der alte Hund nun durch den Wald auf der Suche nach einer Bleibe. Von Zeit zu Zeit juckte es den alten Hund: Ein Floh schien Schabernack mit ihm zu treiben. Soviel er ihn aber auch suchte, er fand ihn nicht. Plötzlich tauchte vor ihm der Nackte Bär auf. Vor Schreck entleerte sich der alte Hund, und hinten kam alles heraus, was er hatte. Doch was war das?! Der Nackte Bär beschaute sich genau den Unrat des alten Hundes. *"Du kannst kein* Gold scheißen." Sagte da der Nackte Bär zu dem alten Hund. *"Ich kenne einen alten Hofhund, der kann das."* Fügte er dann noch hinzu. *"Alles, was ich jetzt noch habe, das ist ein Floh, der mich ständig beißt."* Erwiderte da der alte Hund. Mit einem Male blitzte, funkte und zischte es. Da tauchte eine böse Hexe vor den beiden auf und sagte: *"Ich seid in meinen Zauberwald eingedrungen, dafür muss einer von Euch beiden büßen!"* - *"Gegen Hexen bin ich machtlos."* Sagte der Nackte Bär. Doch schon hatte die Hexe den alten Hund in einen Kamm verwandelt und diesen sich in ihr verfilztes Haar gesteckt. Nach wenigen Augenblicken aber musste die Hexe sich wie wild am ganzen Körper kratzen. Sie vollführte einen wahren Hexentanz und rief dem Nackten Bären zu: *"Hilf mir, hilf mir. Ich geb' dir alles, was du verlangst."* Da sagte der Nackte Bär: *"Ich werde dir helfen, aber nur, wenn du den Kamm wieder in den alten Hund verwandelst und ihm einen Wunsch gewährst."* – *"Ja, Nackter Bär. Ich will alles tun, was du verlangst. Hilf mir, hilf mir."* Jammerte die Hexe weiter. – *"Du musst es mir versprechen!"* Sagte aber der Nackte Bär, denn er wusste: Auch böse Hexen müssen halten, was sie einmal versprochen haben. *"Ja, ich verspreche es."* Schrie die Hexe, die schon ganz grün vor Angst und Ärger war. Nun streckte der Nackte Bär seine Tatze zum Kopf der Hexe, und der neugierige Floh sprang herüber zum Nackten Bären. Weil der Nackte Bär aber nackt ist, konnte er den Floh sofort entdecken und totschlagen. Nun musste die Hexe aber ihr Versprechen halten und den Kamm zurückverwandeln in den alten Hund. Obendrein durfte nun der alte Hund einen Wunsch äußern. Und so wünschte er sich nichts sehnlicher, als dass der alte Bauer noch am Leben wäre und die beiden dann noch einige Jahre gemeinsam verbringen könnten, bis der Tod auch den alten Hund holen würde. Gesagt getan: Als der alte Hund wieder zu dem Bauernhof kam, nahm gerade der böse Stiefsohn Reißaus, nachdem der den alten Bauern hatte aus seinem Grab steigen sehen. Der alte Bauer und der alte Hund lebten nun noch so einige Jährchen und hatten noch einen schönen Lebensabend. Die böse Hexe aber versteckte sich von nun an vor dem Nackten Bären, denn sie wusste nicht, wie groß seine Macht wohl wirklich war, wenn er sie von so einer schlimmer Plage hatte befreien können. Und das ist das Ende von dem Märchen.

Der Wolf und das kleine Wildschwein

Ein Wolf lag unter einem Baum und war guter Dinge. Er hatte am Vortag ein guten Fang gemacht, sich den Bauch vollgeschlagen und war satt für eine Woche. So wollte er noch einige Zeit vor sich hin dösen. Da lief ein kleines Wildschwein daher und schrie ständig: *"Mama. Mama."* Der Wolf beobachtete das kleine Wildschwein und weil keine Mama in der Nähe war, dachte sich der Wolf: *"Einen kleinen Nachtisch könnte ich heut' schon wieder vertragen."* Und so schlich er sich langsam an das kleine Wildschwein heran. Als er ganz nah bei dem Wildschwein stand, sagte er sehr freundlich: *"Guten Tag, liebes kleines Wildschwein. Willst du mir nicht Gesellschaft leisten?"* – *"Ja, gern."* antwortete da das kleine Wildschwein. *"Kannst Du mich vielleicht zu meiner Mutter bringen?"* Fragte es dann noch den Wolf. *"Das kann ich wohl. Du brauchst nur in mein Maul zu steigen und immer nur weiterzugehen. Am Ende kommt ein hübsches Tor und dahinter wohnt deine Mutter."* Antwortete da der Wolf. Da sagte das kleine Wildschwein: *"Ich würde gern dort drüben in dein Maul steigen. Da scheint die Sonne, und ich kann alles besser sehen."* Also ging der Wolf an die Stelle, die das kleine Wildschwein beschrieben hatte. *"Meinst du hier?"* Fragte er. *"Noch ein Stück."* Antwortete das kleine Wildschwein. Aber nun fiel der Wolf in eine schlammige Schweinekuhle, und nur mit Mühe konnte er seinen Kopf über Wasser halten. Da lief das kleine Wildschwein an der anderen Rand der Kuhle. Dort lag aber der Nackte Bär und schlief. Da kitzelte es den Nackten Bären am Bauch, sodass der sich zur Seite drehen wollte. Dabei fiel er aber in die Kuhle und lag nun auf dem Wolf, der jämmerlich erstickte. Das kleine Wildschwein rief aber zum sterbenden Wolf herunter: *"Das ist dafür, dass Du gestern alle meine Geschwister aufgefressen hast."* Der Nackte Bär aber füllte die ganze Kuhle aus und lag auf einem Bett aus Schlamm und Wolfsfell. Als er später erwachte und den toten Wolf sah, wunderte er sich und sagte zu sich selbst: *"Hier will ich aber nicht mehr schlafen."* Dann zog er seines Weges.

Der Falke

Es war einmal ein Jäger, der hatte nichts als einen Falken, mit dem er zur Jagd ging. Eines Tages sah er einen Knaben, der ganz in der Nähe wohnte, vor seinem Haus stehen. Dieser bewunderte den Falken des Jägers und fragte, ob er ihn nicht ab und an bei der Jagd begleiten dürfe. Der Jäger willigte ein, und der Knabe lernte viel über das Jagen und schloss den Falken in sein Herz. Nun geschah es, dass der Knabe sehr krank wurde. Auch nachdem die verschiedensten Ärzte den Jungen behandelt hatten, wollte sich sein Zustand nicht bessern. Im Gegenteil, der Knabe war dem Tode schon nah. Da sagte er zu seiner Mutter, dass er nichts weiter begehre als den Falken des Jägers, um wieder gesund zu werden. Da ging die Mutter, eine junge, schöne und obendrein reiche Witwe von hohem Stande, in ihrer Verzweiflung zu dem Jäger. Da sie aber wusste, dass der Jäger nur diesen Falken besaß, um sein Auskommen zu haben, wollte sie nicht sogleich um diesen bitten und fragte ihn daher, ob sie nicht bei ihm ein Mahl einnehmen dürfe. Der Jäger zeigte sich erfreut und bat die hohe Dame herein. Da er so überrascht und verwirrt über den Besuch der hohen Dame war, die eben auch jung und schön war und deren Absichten unklar waren, so wollte er ihr etwas besonderes vorsetzen. Da er aber einige Tage nicht hatte jagen können, hatte er keinerlei Speisen im Hause. Da sah er in seiner Not auf seinen Falken und gedachte, der vornehmen schönen Dame, sein Vornehmstes, was er hatte, nämlich jenen Falken zu opfern und ihr als Braten vorzusetzen. Doch plötzlich polterte es an der Tür. Die Mutter des Knaben erschrak, aber der Jäger sprang sogleich zur Tür. Draußen stand der Nackte Bär und sagte: *"Guten Tag Jäger. Ich bin vorhin aus Versehen mit einem großen Hirsch zusammengestoßen. Dabei hat der sich wohl das Genick gebrochen und da ich dich schon einige Tage nicht mehr im Wald gesehen habe, dachte ich, du könntest damit etwas anfangen. Da er sowieso tot ist, braucht er ja nicht im Wald zu bleiben."* Da freute sich der Jäger und machte aus dem Hirsch einen vorzüglichen Braten. Sein Gewissen begann ihn aber gleichzeitig zu plagen, da er sich nun erinnerte, dass er seinen Falken zuerst hatten schlachten wollen. Da ging er schließlich zu dem Falken und sagte: *"Mein Falke, es war schändlich von mir, dass ich dich hatte schlachten wollen, verzeih mir. Von nun an sollst du nur noch für dich selbst die Beute erjagen. Und so fliege nun weit in fremde Wälder, such Dir eine neue Heimat, und kehr nie wieder hierher zurück!"* Mit diesen Worten entließ er den Falken in die Freiheit. Als nun das Mahl beendet war, lenkte die Mutter das Gespräch auf ihren Sohn und erzählte von dessen schwerer Krankheit. Schließlich brachte sie die Bitte ihres Sohnes hervor, ihm den Falken zu vermachen und dass dies wohl die letzte Hoffnung auf eine Heilung wäre. Da nahm alle Bestürzung der Welt den Jäger ein und er schwieg einige Zeit mit versteinerter Miene. Die Mutter dachte zuerst, der Jäger sei voller Gram, weil er sich von seinem höchsten Gut trennen sollte und trug sich schon mit dem Gedanken, dessen Haus ohne den Falken zu verlassen. Schließlich ward sie aber bezwungen durch die Liebe zu ihrem Sohn und wartete auf eine Antwort. Da begann der Jäger zu reden und erzählte, wie sich alles zugetragen hatte. Als die Mutter des Knaben dies alles erfahren hatte, ward sie ergriffen von der Güte des Jägers gegen Sie und seinen Falken. Da sie nun aber nicht das bekommen, was sie sich so erhofft hatte, verließ sie betrübt das Haus des Jägers, setzte sich in ihre Kutsche und machte sich auf den Heimweg. Nach einiger Zeit hielt die Kutsche. Erschrocken rief der Kutscher der Mutter des Knaben zu: *"Da steht ein Ungeheuer auf der Straße!"* Tatsächlich war es aber der Nackte Bär, auf dessen Schulter der Falke saß. Da kam der Nackte Bär zu der Kutsche und sagte zu der Mutter des Knaben: *"Der Falke wollte sich gern von dem Knaben verabschieden, bevor er das Weite sucht."* Da war die Freude groß und als der Knabe den Falken sah, wurde er schnell wieder gesund. Die Mutter des Knaben aber ging bald zu dem Jäger und sagte zu ihm: *"Lieber einen Mann ohne Geld als Geld ohne einen Mann!"* Dann heirateten sie, und alle lebten noch lange und glücklich miteinander.

Das Huhn

Ein Huhn hatte beschlossen, seinen Hof zu verlassen, nachdem dieser abgebrannt war. *"Besser als nichts!"* Sagte das Huhn. Und so spazierte es in den Wald hinein. Nachdem es ein Weilchen vor sich hin gelaufen war, sah es ein Tier, das es nicht kannte. Neugierig ging das Huhn auf das fremde Tier zu. Da formte sich das Tier zu einer Kugel. Das Huhn aber wollte es nun zum Freund haben, und irgendwann würde es sich schon wieder ausrollen. *"Besser als nichts!"* Sagte das Huhn. Also wartete es einfach. Die Kugel bewegte sich aber nicht. Nach einiger Zeit gedachte das Huhn weiterzuziehen, aber mit der Kugel. Und so gab es der Kugel einen Stups, um sie vor sich her zu rollern. Doch was war das? Die Kugel stach das Huhn in den Fuß. *"Au!"* Schrie da das Huhn. Denn die Kugel war nichts anderes als ein Igel, der sich zusammengerollt hatte. So schnell wollte das Huhn aber nicht aufgeben. Und nun wartete es neben dem Igel und pickte währenddessen alles Fressbare auf, was der Wald in der Umgebung des Igels zu bieten hatte. Nach einigen Tagen fielen die ersten Blätter von den Bäumen, denn der Herbst hatte schon Einzug gehalten. Und so bedeckten nun auch einige der Blätter den Igel, der sich immer noch nicht rührte: Einmal zusammengerollt, wollte der nämlich gleich bis zum Frühling durchschlafen. Das Huhn fand aber langsam nichts mehr zu fressen. Da wurde es traurig und beschloss, sich einen anderen Kameraden zu suchen. So zog es weiter und fand eine kleine Höhle. Dort wollte es sich einrichten. *"Besser als nichts!"* Sagte das Huhn. Indessen ging der Nackte Bär durch den Wald und sah einen kleinen Laubhaufen vor sich. Vor lauter Freude an den Herbstfarben wollte er das Laub durch einen heftigen Tritt mit seiner Bärentatze aufwirbeln. Dabei traf er aber den noch immer zur Kugel gerollten Igel. *"Au!"* Schrie da der Nackte Bär. Der Igel aber rollte weit durch den Wald, bis er schließlich genau in die Höhle hinein kullerte, in die das Huhn gerade eingezogen war. Das Huhn erschrak zuerst, freute sich dann jedoch über die stumme Gesellschaft: *"Besser als nichts!"* Sagte das Huhn. Die Höhle war aber in Wirklichkeit ein Fuchsbau. Als der Fuchs in seine Höhle kam und das Huhn erblickte, freute er sich über die leichte Beute. Als er aber nach dem Huhn schnappte, flog dieses ein Stück zurück. Da aber hinter dem Huhn der Igel lag, schnappte der Fuchs mit großen Appetit in die Stacheln des Igels hinein. Nun hob ein unglaubliches Gejammer des Fuchses an. Schnell ließ er ab von dem Igel und suchte das Weite. Das Huhn aber blieb bis zum Frühling in der Höhle mit dem schlafenden Igel und bediente sich an der Speisekammer des Fuchses, wenn es Hunger hatte. Und als der Igel aufwachte, sagte das Huhn: *"Lass uns eine Familie gründen." – "Ich bin aber kein Huhn."* Entgegnete darauf der Igel. *"Besser als nichts!"* Sagte das Huhn. Und das ist das Ende des Märchens.

Die drei Frösche

Es wohnten einmal drei Frösche in einem kleinen Teich. Eines Tages fing einer der drei Frösche eine große Libelle. Sie war so groß, dass zwei Frösche davon satt werden konnten. Es kamen auch gleich die anderen beiden Frösche und wollten etwas abhaben von der Libelle. Nur mochten die beiden untereinander nicht teilen und jeder den Rest der Libelle für sich allein haben. So stritten sich die beiden Frösche und quakten sehr laut dabei. Durch das Quaken wurde der Nackte Bär, der zufällig neben dem See schlummerte, aufgeweckt. Verärgert stand er auf, um sich ein anderes Plätzchen zu suchen. Dabei trat er aus Versehen auf einen der beiden sich streitenden Frösche. Der Frosch war auf der Stelle tot.
Da es nun nur noch zwei Frösche in dem Teich gab, war der Streit um die Libelle beendet, und auch der Nackte Bär konnte wieder ruhig schlafen.

Der Weihnachtsmann und sein Stellvertreter

Es war einmal zu Weihnachten in einem Wald, da stapfte keuchend eine große Gestalt durch die Abenddämmerung daher.

Sie trug einen riesigen Leinensack auf der Schulter und erschien dadurch im Halbdunkel des Waldes wie ein unheimliches Wesen, das Böses im Schilde führt. Der Schnee lag sehr hoch, so hoch, dass selbst die Tiere sich kaum bewegen konnten und die große Gestalt auf dem Waldweg nur mit viel Mühe und sehr langsam vorwärts kam.

Plötzlich kreuzte ein flinkes Eichhörnchen den Weg der Gestalt. Das Eichhörnchen war so leicht, dass es nicht im Schnee versank und deswegen sehr schnell laufen konnte. Als die Gestalt und das Eichhörnchen sich gegenseitig erblickten, erschraken beide heftig. Das Eichhörnchen kletterte schnell auf den nächsten Baum. Die Gestalt aber ließ vor Schreck den riesigen Sack fallen und schrie kurz darauf laut auf: Der Sack war der Gestalt auf den Fuß gefallen. Da setzte sie sich hin betaste ihren Fuß. Das Eichhörnchen blickte scheu von dem Baum herunter, auf den es geklettert war, und wartete erst einmal ab. Als nach einiger Zeit die Gestalt immer noch auf dem verschneiten Waldweg saß, entschloss sich das Eichhörnchen dazu, die Sache genauer zu betrachten. Es lief vorsichtig zu der Gestalt und fragte: *"Wie geht es dir?"* – *"Mir geht es sehr schlecht. Ich habe mir eben den Fuß verstaucht. Jetzt kann ich meine Aufgabe nicht erledigen."* antwortete die Gestalt. *"Was hast du denn für eine Aufgabe?"* fragte da das Eichhörnchen. *"Ich muss alles, was in dem riesigen Sack ist, heute noch verteilen!"* sagte die Gestalt. *"Kann das nicht bis morgen warten?"* fragte da wieder das Eichhörnchen. *"Nein."* sagte die Gestalt, *"Seit es mich gibt, habe ich die Weihnachtsgeschenke immer am 24.Dezember gebracht."* – *"Dann bist du am Ende der Weihnachtsmann!"* sagte da das Eichhörnchen erstaunt. *"Ja, so ist es."* antwortete die Gestalt, die tatsächlich der Weihnachtsmann war. Da dachte das Eichhörnchen einen Augenblick lang nach und sagte dann: *"Vielleicht kann ich dir helfen. Warte hier auf mich."* Dann lief es schnell weg. Nach einiger Zeit kam es wieder und sagte: *"Ich habe dir jemanden mitgebracht, der dir helfen kann."* Und hinter dem Eichhörnchen kam der Nackte Bär angestapft. *"Sei gegrüßt Weihnachtsmann."* sagte der Nackte Bär. *"Ach, du bist es, Nackter Bär. Ich habe schon viel von dir gehört."* rief der Weihnachtsmann erfreut aus. Und auf einmal hatte nun der Nackte Bär die Aufgabe, die Weihnachtsgeschenke auszutragen, weil der Weihnachtsmann ja nicht mehr laufen konnte. Der Nackte Bär wurde also der Stellvertreter des Weihnachtsmannes. Er lieh sich die Kutte des Weihnachtsmannes aus und bastelte sich aus Reisig und Tannennadeln einen Bart. Dann zog der Nackte Bär durch die Städte und Dörfer und verteilte die Weihnachtsgeschenke. Weil der Nackte Bär sich aber nicht so gut auskannte wie der Weihnachtsmann, verwechselte er hier und da ein Geschenk oder vergaß sogar hin und wieder, ein Geschenk auszuteilen. Meist waren das solche Geschenke, wo besonders viel Schokolade oder irgendwelche anderen leckeren Sachen zu essen enthalten waren. Auch sahen das Reisig und die Tannennadeln in seinem Gesicht ziemlich furchterregend aus. Im Großen und Ganzen aber kamen die meisten Geschenke dort an, wo sie ankommen sollten.

Seit diesem Weihnachten hat der Nackte Bär schon einige Male den Weihnachtsmann vertreten, wenn der krank oder aus anderen Gründen verhindert war. Das sind dann meist die Weihnachten, wo der Weihnachtsmann besonders seltsam daherkommt oder äußerst furchterregend aussieht und wo vielleicht auch nicht alle Geschenke ankommen, die gewünscht und erwartet wurden. Aber im nächsten Jahr kommt dann bestimmt wieder der richtige Weihnachtsmann.

Der Sarg der Königin

Es war einmal eine kleine Königstochter von neun Jahren. Sie lebte in einem Schloss, wie es sich gehört. Sie wohnte dort aber nur mit ihrem Vater, dem König. Die Königin war kurz nach der Geburt der Tochter gestorben. Eines Nachts wachte die kleine Königstochter auf und sah vor ihrem Fenster eine Frau stehen. Doch bald brach die Morgendämmerung herein und die Frau verschwand wieder. In der nächsten Nacht blieb die kleine Königstochter absichtlich wach und sah bald wieder die Frau durch das Fenster. Nun stand sie auf und ging zum Fenster. Die Frau ging aber daraufhin fort. Die kleine Königstochter indes war sehr neugierig, und so folgte sie heimlich der Frau. Die Frau ging in den nahegelegenen Wald. Dort stand unter einer großen alten Eiche ein Sarg, in dem sie verschwand. Die kleine Königstochter merkte sich die Stelle und beschloss, am nächsten Tag hinzugehen. So geschah es auch. Sie ließ sich jedoch aus Vorsicht vom Hofjäger begleiten. Als sie an der großen alten Eiche ankamen, stand dort wirklich ein Sarg. Der Hofjäger öffnete den Sarg, und in dem Sarg lagen Menschenknochen. Er nahm die Menschenknochen an sich, und sie gingen ins Schloss zurück. In der nächsten Nacht wachte die kleine Königstochter wieder auf. Doch was war das? Diesmal standen der Nackte Bär und die Frau am Fenster. Die kleine Königstochter stand auf und ging zu den beiden hin. Da lief die Frau zum Haus des Hofjägers und der Nackte Bär in den Wald. Am nächsten Tag erzählte die kleine Königstochter alles dem Hofjäger. Der sagte aber nur, dass sie sich nun keine Sorgen mehr machen müsse, da die Knochen ja längst vergraben seien. Die kleine Königstochter war aber argwöhnisch und beobachtete den Hofjäger. Der machte sich mit seinem Gewehr in den Wald auf. Heimlich folgte sie ihm. Endlich kam der Hofjäger zu der großen alten Eiche, wo der Sarg stand. Doch in dem Sarg lag jemand: Der Nackte Bär. Der Hofjäger legte an, um den Nackten Bären zu erschießen. *"Nicht schießen!"* Rief da die kleine Königstochter, und der Nackte Bär wachte auf. *"Ich habe überhaupt nicht gut geschlafen."* Sagte der Nackte Bär verärgert und warf den Sargdeckel in Richtung Hofjäger, sodass dem das Gewehr aus den Händen geschlagen wurde und entzwei ging. *"Ich habe geträumt, ich bin zu einem Schloss gegangen und habe einer kleinen Königstochter beim Schlafen zugesehen."* Fügte der Nackte Bär noch hinzu. *"Das hast du nicht geträumt!"* Erwiderte da die kleine Königstochter und erzählte, dass sie ihn gesehen hätte. *"Das muss an dem Sarg liegen."* Sagte der Nackte Bär. Und so trug er den Sarg zum Königsschloss. Dort erzählte die kleine Königstochter alles dem König und zeigte ihm eine Stelle bei dem Haus des Hofjägers, wo die Erde noch aufgewühlt war. Der König ließ dort Graben, und man fand die Knochen aus dem Sarg. Der König besah sich die gefunden Knochen genau und entdeckte eine Eigenart, eine Einkerbung auf der Stirn des Totenschädels. Genau an der Stelle hatte die Königin, als sie noch lebte, ein Narbe gehabt. Dann ließ der König den Priester holen, um die Königsgruft zu öffnen. Tatsächlich fehlten der Sarg und die Gebeine der verstorbenen Königin, aber auch der Ganze Schmuck war verschwunden. Da erinnerte sich der Nackte Bär, dass die Frau mit ihm gesprochen hatte. Sie hatte erzählt, dass sie die verstorbene Königin sei, deren Sarg einst gestohlen, deren Schmuck geraubt und deren Ruhe gestört worden war durch den gierigen Hofjäger. Seitdem sei sie nachts immer voller Unruhe und könne erst Frieden finden, wenn sie wieder in der Königsgruft in ihrem Sarg liegen würde. Als der König das gehört hatte, ließ er das Haus des Hofjägers durchsuchen bis man den Schmuck der Königin gefunden hatte. Da wurde der Hofjäger in den Turm gesperrt. Die Gebeine der Königin aber wurden wieder in die Königsgruft geschafft. Von nun an konnte die kleine Königstochter endlich wieder ruhig schlafen. Der Nackte Bär aber bekam einen riesigen Napfkuchen als Belohnung und war noch oft zu Besuch im Königsschloss.

Das einsame Mädchen

Es war einmal ein Mann, der lebte mit seiner Tochter in einem kleinen Haus. Eines Tages musste er eine größere Reise antreten. Da sagte er zu seiner Tochter: *"Ich lass dir genug zu essen im Haus. Das wird reichen, bis ich wieder hier bin. Sollte jemand in das Haus wollen, so sage: ‚Mein Vater ist ein großer starker Mann, und er wird bald nach Hause kommen.' Dann wird derjenige wieder gehen. Sollte der Gleiche aber später wiederkommen, so sage dann: ‚Mein Vater ist daheim und schläft. Wenn ich ihn aufweck', wird er furchtbar bös.' Dann wird derjenige wieder gehen."* Nachdem er das Mädchen so belehrt hatte, ging er fort und versprach, so schnell als möglich wiederzukommen.
Als der Vater nun einige Zeit fort war, klopfte es an der Tür. Das Mädchen fragte: *"Wer ist da?"* – *"Ich bin ein Freund Deines Vaters. Öffne doch die Tür!"* Sagte draußen eine grobe Stimme. Da erwiderte das Mädchen: *"Mein Vater ist ein großer starker Mann, und er wird bald nach Hause kommen."* Da verstummte die Stimme. Einige Zeit später klopfte es wieder an der Tür. Das

Mädchen fragte: *"Wer ist da?"* – *"Ich bin ein lieber, guter Freund Deines Vaters. Ach, öffne doch bitte die Tür, und lass mich ein!"* Antworte eine feine, freundliche Stimme, und das Mädchen erkannte, dass es diesmal jemand anderes war als beim ersten Mal. Also sagte es: *"Mein Vater ist ein großer Starker Mann, und er wird bald nach Hause kommen."* Da verstummte auch diese Stimme. Als wieder etwas Zeit vergangen war, klopfte es erneut an der Tür. Wieder fragte das Mädchen und erkannte, dass es die gleiche feine, freundliche Stimme wie beim letzten Mal war, die um Einlass bat, da sagte sie*: "Mein Vater ist daheim und schläft. Wenn ich ihn aufweck', wird er furchtbar bös."* Da verstummte die Stimme, und das Mädchen hatte wieder seine Ruhe. Hoffentlich kommt der Vater nun bald zurück, sagte es zu sich selbst. Da klopfte es aber wieder an der Tür. Wieder fragte die gleiche feine, freundliche Stimme wie beim letzten Mal. Nun wusste das Mädchen aber nicht mehr, was es sagen sollte und fing zu weinen an. Die Stimme von draußen sagte aber: *"Ich kann dich trösten und beruhigen, lass mich ein, und Dir wird viel Gutes widerfahren."* Und weil das Mädchen so einsam war und die Stimme so freundlich klang, öffnete es die Tür. Vor der Tür stand aber eine böse, alte Hexe, die sich nur freundlich gestellt hatte und das Mädchen in Wirklichkeit entführen wollte. Eines war aber seltsam, denn das Mädchen sah zuerst die Füße der Hexe, nachdem es die Haustür geöffnet hatte. Die Hexe stand auf einem Hügel, der sich vor der Tür angehäuft hatte. Vor Schreck fiel das Mädchen auf den Hügel und stach ihn mit dem großen Haustürschlüssel. *"Au!"* Rief da der Hügel und bewegte sich. Da fiel die Hexe samt Besenstiel herunter. Doch während sie herunterfiel, wollte sie sich auf ihrem Besenstiel abstützen. Dabei zerbrach dieser aber, und die Hexe wurde von dem nun spitzen Rest des Schaftes aufgespießt und war sofort tot. Der Hügel aber stand auf, und es war kein anderer als der Nackte Bär. Er erzählte, dass er vor längerer Zeit geklopft hatte, weil er den Vater hatte besuchen wollen. Als die Tochter aber gesagt hatte, dass der Vater bald nach Hause käme, hatte er sich einfach vor die Tür gelegt und war eingeschlafen. Danach hatte dann die böse Hexe ständig versucht, in das Haus zu kommen, was er aber, weil er ja geschlafen hatte, gar nicht bemerkt hatte.

Doch nun war die Hexe tot. Der Vater kam nun auch bald heim und hatte gute Geschäfte in der Ferne gemacht, sodass er seiner Tochter ein schönes Kleid als Geschenk hatte mitbringen können. Der Nackte Bär aber bekam eine dicke Wollmütze geschenkt. Und so war doch noch alles gut gegangen.

Die große Rübe

Es war einmal ein Bauer, der hatte ein kleines Feld. Auf diesem Feld baute er Rüben an. Als es Zeit zum Ernten war, bemerkte der Bauer eine besonders große Rübe. Sie war so groß, dass er erst einmal alle anderen Rüben erntete und die große Rübe im Boden ließ. Als er einige Wochen später auf sein Feld zurückkehrte, war die große Rübe noch viel größer geworden. Weil der Bauer nun langsam Angst um sein kleines Feld bekam, wollte er jetzt doch endlich die große Rübe ernten. Nach vielen Versuchen gelang es ihm schließlich, mit zwei Ochsen und zwei Pferden die große Rübe aus dem Boden zu ziehen. Da er nun nicht wusste, was er mit der großen Rübe machen sollte, so schenkte er sie dem Bürgermeister. Der Bürgermeister war höchst erstaunt über dieses gewaltige Geschenk und da er sowieso seines Amtes müde war, so schlug er den Bauer für das Amt des Bürgermeisters vor, in das man diesen dann auch schließlich wählte. Da der Bauer jetzt Bürgermeister war, gehörte ihm nun die große Rübe wieder. Da schenkte der neue Bürgermeister die große Rübe dem Landesfürsten. Dieser war höchst erstaunt über dieses gewaltige Geschenk und verschaffte dem neuen Bürgermeister zum Dank eine Stelle an seinem Hofe als Erster Berater. Sogleich fragte er seinen neuen Ersten Berater, was er wohl mit der großen Rübe anstellen sollte. Da riet dieser ihm, die große Rübe doch dem König zu schenken. Schließlich hätte es ihm selbst immer Glück gebracht, die große Rübe an hochgestellte Persönlichkeiten zu verschenken. Gesagt, getan. So wurde die Rübe auf einen extra für sie angefertigten riesigen Wagen geladen, der dann von vier Pferden gezogen werden musste. Die große Rübe wurde aber mit einem großen Tuch zugedeckt. Schließlich sollte niemand dem

König Kunde bringen können, bevor das große Geschenk ihn persönlich erreichte. Der Weg zum König führte aber durch einen großen Wald, der an einem Tag nicht zu durchqueren war, so dass mitten im Wald ein Lager aufgeschlagen werden musste. Am Nachmittag des nächsten Tages kamen der Landesfürst und sein Erster Berater samt Geschenk am Hofe des Königs an. Der König freute sich über den Besuch seiner Untertanen und war erstaunt als er hörte, es gäbe ein großartiges Geschenk für ihn. Da ließ der Landesfürst den großen Wagen, der von vier Pferden gezogen wurde, vorfahren und sagte: *"Mein hochwohlgeborener König, hiermit erweise ich Euch untertänigst die hoffentlich große Freude, Euch ein außergewöhnlich großes Exemplar einer höchst erstaunlichen Laune der Natur übergeben und schenken zu dürfen!"* Doch was war das? Als die Diener das große Tuch, mit dem die große Rübe bedeckt worden war, zurückzogen, war nichts anderes zu sehen als – der Nackte Bär. Dieser hatte des Nachts sich einen Schlafplatz gesucht und beim Erklimmen des Wagens, auf dem die große Rübe gelegen hatte, diese vom Wagen gestoßen, damit er mehr Platz zum Schlafen hatte. Und nun schlief er eben immer noch. Als der König den Nackten Bären sah, kreischte er laut auf. Dann sah er zum Landesfürsten herüber, rief: *"Sie Flegel!"* und verschwand wieder in seinen Palast. Der Nackte Bär aber erwachte nun und nahm schnell Reißaus in den Wald. Der Landesfürst wurde aber seines Amtes enthoben und seinem Ersten Berater blieb nichts weiter übrig als wieder als einfacher Bauer sein Feld zu bearbeiten. Die große Rübe nun fand der Nackte Bär später im Wald wieder und schenkte sie einem großen ausgehungerten Feldhasen. Dieser hatte noch lange sein Auskommen durch die große Rübe. Und so war schließlich einem doch noch geholfen.

Hunderteins auf einen Streich

Es war einmal ein böser Zwerg, der lebte in einem Wald in einer ausgehöhlten alten Eiche. Seine Bosheit bestand darin, dass er Kaufleuten, die durch den Wald mussten, Fallen stellte, sie erschlug und deren Habe in seiner hohlen Eiche hortete. Eines Tages nun, als der Zwerg beim Frühstück saß, setzte sich eine Fliege auf seine Musbrot. Da wedelte der Zwerg mit seiner Hand, und die Fliege flog weg. Nachdem der Zwerg einmal abgebissen und verträumt gekaut und hinuntergeschluckt hatte, saß die Fliege wieder auf dem Musbrot. Nun wurde der Zwerg wütend und schlug geradewegs hinein in die Musschicht, dass es nur so spritzte. Die Fliege war aber schneller als der Zwerg, flog ein wenig herum und setzte sich dem Zwerg auf die Nase. Wütender als zuvor schlug er sich mit der Faust auf Nase, dass er nur so schrie vor Schmerz. Die Fliege hatte er aber immer noch nicht getroffen. Inzwischen war nun zudem der Musgeruch dem Nackten Bären in die Nase gestiegen, und so kam er zu der hohlen Eiche getrottet. Die Fliege, von der Wut des Zwerges selbst gereizt, hatte aber ihre neunundneunzig Geschwister gerufen, die sich nun alle mit auf den Zwerg setzten, um ihn vollends zu verärgern. Der Zwerg hatte aus lauter Verzweiflung den Mustopf vor seine Baumhöhle gestellt, in der Hoffnung, dass so die Fliegen von ihm ablassen und sich auf das Mus stürzen würden. Doch die wollten nur noch den Zwerg ärgern, der nun in seiner Höhle lag und sich unter den Fliegen schreiend und fluchend wand. Der Nackte Bär aber hatte nur Augen für den Mustopf vor der Baumöffnung und überhörte so den jammernden Zwerg. Also nahm er den Mustopf und setzte sich mit einem Plumps in die Baumhöhle hinein. Da war auf einmal alles ruhig. Und wenn der Nackte Bär gewusst hätte, dass er einen bösen Zwerg und 100 Fliegen auf einen Schlag erledigt hatte, so hätte er von sich sagen können: Hunderteins auf einen Streich.

Die große Spinne

Es war einmal ein kleiner Frosch, der immer von den anderen Fröschen gehänselt wurde, weil er so klein war. Da wollte der kleine Frosch sich ein Ansehen verschaffen und sagte: *"Ich kann die größte Spinne, die es gibt, verspeisen."* Da zogen alle Frösche los, um besonders große Spinnen zu finden. Die größten Frösche verschluckten auch gleich sehr große Spinnen. Der kleine Frosch fand aber auf einmal eine Spinne, die dreimal so groß war wie er selbst. Da sagte er laut, dass alle es hören konnten: *"Diese große Spinne werde ich jetzt fressen!"* Selbst die allergrößten Frösche hatten aber Angst vor der großen Spinne. Schon kam die Spinne auf den kleinen Frosch zugelaufen, sodass der kleine Frosch etwas zurückwich. Doch als ihm die Spinne schon ganz nah war, blähte er sich auf und verschluckte die Spinne. Alle sahen nun gespannt auf den kleinen Frosch. Der lief nach kurzer Zeit blau an und regte sich nicht mehr. Da kam ein Igel vorbei und alle Frösche sprangen schnell weg. Der Igel aber fraß den ganzen Frosch. Nach einiger Zeit wurde dem Igel so recht schlecht. Er legte sich ein bisschen hin, um sich auszuruhen. Da kam ein Biber vorbei und sah den schlafenden Igel. Der hatte sich nicht eingerollt, weil ihm so schlecht war. Da konnte der Biber an sein weiches Fleisch und fraß ihn auf. Nun wurde der Biber vom Fressen müde und etwas schlecht war ihm auch geworden. Also legte er sich ein bisschen hin. Da kam ein Knabe daher, der den Biber da liegen sah. Der Knabe nahm seinen Hirschfänger und stach den Biber ab. Zu Hause zog er ihm das Fell über die Ohren und hängte sich das Fell an die Wand über sein Bett. Seitdem jedoch das Fell dort hing, konnte der Junge nicht mehr richtig schlafen und hatte Alpträume, besonders von riesigen Spinnen. Ob es nun an dem Fell lag oder nicht: Der Junge wurde richtig krank, und die Ärzte wussten keinen Rat. Da ließen sie den Priester holen. Als es klopfte und die Tür geöffnet wurde, stand dort aber nicht der Priester sondern der Nackte Bär. Die Leute kannten den Nackten Bären aber nicht und da sie sich nicht zu helfen wussten und weil der Nackte Bär nackt war, gaben sie ihm schnell das Biberfell, damit er seine Blöße bedecken konnte (vielleicht des Priesters wegen). Der Nackte Bär hatte jedoch einen fürchterlichen Durchfall und weil er von den Ärzten im Hause des kranken Knaben gehört hatte, hatte er sich von ihnen eigentlich eine Medizin erhofft. Jetzt ging er aber erst einmal hinter das Haus und entleerte sich. Mit dem Biberfell aber wischte er sich seinen Hintern sauber. Von da an ging es dem Nackten Bären wieder besser und auch der Knabe fühlte sich sogleich wohler und gesundete bald. Dort aber, wo der Nackte Bär das Biberfell hingeworfen hatte, wuchs nie wieder etwas.

Die rote Wolke

Es war einmal vor langer Zeit, da lebte eine Frau mit ihrem Sohn in einer kleinen Hütte. Als der Sohn das fünfzehnte Jahr erreichte, sagte die Mutter: *"Mein Sohn, du bist nun in dem Alter, wo du dir einen Meister suchen musst, um etwas Anständiges zu erlernen. Ich gebe dir hier ein Säckchen, in das ich alle Groschen tat, die ich entbehren konnte. Zieh in die Welt hinaus, und sieh zu, dass du es zu etwas bringst, damit du dein Leben nicht in Armut fristen musst."* Da verabschiedete sich der Junge von seiner Mutter, die ihn schweren Herzens in die weite Welt entließ. Und so schlug er den Weg in die nächste Stadt ein. Nach einiger Zeit traf er auf einen armen alten Mann, der aus der Stadt kam. Der sagte zu ihm: *"Geh' nicht in die Stadt. Die Stadt beherrscht ein böser Zauberer, und alle müssen ihm schwere Dienste leisten."* Der Junge dankte dem Alten für seine Auskunft und weil der so arm aussah, schenkte er ihm einen Groschen. Daraufhin holte der Alte eine Pfeife hervor und sagte: *"Wenn du in Not bist, dann steck dir die Pfeife an."* Dann zogen die beiden ihrer Wege. Nach einiger Zeit erblickte der Junge von einem Hügel die Stadt, und über der Stadt schwebte eine rote Wolke. Als er an das Stadttor kam, fragte er den Wächter, was es mit der roten Wolke wohl auf sich hätte. Da sagte der Wächter:
"Die Stadt kann dein Glück oder Unglück sein. Willst du es wissen, so musst du hinein."
So betrat der Junge die Stadt. Da ging er zum Rathaus und fragte, bei wem man etwas Anständiges lernen könne. Da wurde ihm gesagt, dass der Pfeifenmachermeister einen Lehrling suche. Und so ging der Junge zum Pfeifenmachermeister und gab ihm sein ganzes Säckchen mit den Groschen als Lehrgeld, um das Handwerk zu erlernen. Nach einigen Jahren wurde der Junge ein rechter Pfeifenmachergeselle und ein paar Jährchen weiter selbst ein Pfeifenmachermeister. Die ganze Zeit über aber schwebte die rote über der Stadt, und niemand wollte erzählen, was es damit auf sich hatte. Eines Tages nun sagte der alte Pfeifenmachermeister: *"Ich bin recht alt und will mich aufs Altenteil setzen. Übernimm du die Werkstatt."* Da sagte der Junge aber zum Meister: *"Ich übernehme deine Werkstatt, aber nur, wenn du mir alles über die rote Wolke erzählst!"* Zuerst zögerte

der Alte, doch als der Junge nicht abließ, sagte er: *"Niemand weiß etwas darüber, nur eines ist bekannt: Alle sieben Jahre verschwindet die rote Wolke für einen Tag und nach einem weiteren Tag kommt sie dann wieder. Die sieben Jahre sind aber morgen vorüber."* Da sagte der junge Pfeifenmachermeister: *"Das will ich mir einmal näher ansehen."* Am nächsten Tag zog die rote Wolke davon. Der junge Pfeifenmachermeister folgte aber der Wolke bis sie über der Spitze eines roten Berges verharrte. Da stieg er auf den Berg. Doch auf dem Berg wohnte ein böser Zauberer, der ganz alt und zerknittert aussah. Der böse Zauberer hielt seinen Kopf in die Wolke und atmete den Wolkendunst ein. *"He, Zauberer, was machst du da?"* fragte ihn nun der junge Pfeifenmachermeister. *"Ich verschaffe mir Zeit."* Sagte der böse Zauberer. *"Ich habe einer ganzen Stadt die Zeit gestohlen. Alle hundert Jahre atme ich neue Zeit ein. Die Menschen in der Stadt denken, es seien sieben, aber in Wirklichkeit sind hundert Jahre vergangen, wenn die Wolke zu mir zieht. So kann ich mir die Unsterblichkeit bewahren, die mir mein Stiefbruder, der gute Zauberer gestohlen hat."* Fügte der böse Zauberer noch hinzu. *"Dann ist meine Mutter schon verstorben, weil du die Zeit gestohlen hast?"* Fragte der junge Pfeifenmachermeister. *"Das ist sie wohl. Und nun, da du alles weißt, wirst du auch gleich sterben müssen."* Antwortete der Zauberer und wollte den jungen Pfeifenmacher packen. Da sagte dieser: *"Gewähre mir noch einen letzten Wunsch: Ich bin Pfeifenmacher und möchte mit dir ein Pfeifchen rauchen."* Und er gab dem bösen Zauberer eine seiner selbst gefertigten Pfeifen, sich selbst steckte er aber die Pfeife an, die der alte Mann ihm vor langer Geschenkt hatte, bevor er in die Stadt gegangen war. Da erschien jener alte Mann groß wie ein Riese, atmete einmal ein und die rote Wolke verschwand in seien Lungen. Der böse Zauberer aber wurde mit einem Mal aschfahl und zerfiel zu Staub. Nun erzählte der alte Mann, dass er der gute Zauberer sei, nämlich der Stiefbruder des toten, bösen Zauberers. Dieser hatte aber durch lauter Untaten seine Unsterblichkeit eingebüßt. Um nicht sterben zu müssen, hatte er mit der roten Wolke die Zeit gestohlen. Er selbst hatte den bösen Zauberer aber nur besiegen können, wenn jemand die Pfeife in dessen Gegenwart anzünden würde, so, wie es jetzt geschehen war. Nun gingen der junge

Pfeifenmachermeister und der gute Zauberer zur Stadt zurück. Dort atmete der gute Zauberer die verlorene Zeit wieder aus, und alles war wieder, wie es sein sollte. Der junge Pfeifenmachermeister machte sich aber bald auf, seine Mutter zu besuchen, die ja nun wieder am Leben war. Unterwegs traf er den Nackten Bären und sagte: *"Guten Tag, Nackter Bär. Na, viel zu tun?" – "Ach Du, nö, nicht so viel. Kommt Zeit, kommt Rat."* erwiderte der Nackte Bär. *"Hm, na dann auf Wiedersehen."* Sagte der junge Pfeifenmachermeister. *"Wiedersehen."* Sagte der Nackte Bär. Und so trennten sich ihre Wege wieder. Die Mutter freute sich dann aber sehr über den Besuch des Sohnes, aus dem nun ja was Anständiges geworden war. Und bald zog sie mit in die Stadt und lebte noch lange und wurde später auch noch eine angenehme Schwiegermutter.

Der Storch

Es war einmal an einem heißen Sommertag, als ein stolzer Storch steif durch die Heide schritt. Da sah er vor sich plötzlich einen Maulwurf buddeln. Schnell packte er den Maulwurf, um ihn zu verschlingen. Da stieß den Storch etwas von hinten, und der Maulwurf flog im hohen Bogen wieder auf den Maulwurfshügel, von dem ihn der Storch geschnappt hatte. Schnell buddelte sich der Maulwurf in die Erde. Der Storch aber drehte sich um, um zu sehen, wer da wohl schubste. Es war der Nackte Bär, der vor Hunger taumelnd durch die Heide tappte und der den Storch einfach übersehen hatte und mit ihm eben zusammengestoßen war. *"Entschuldigung."* Sagte der Nackte Bär und fiel dann völlig entkräftet auf den Storch. Nun war der Storch tot. Als der Nackte Bär wieder zu sich kam, war er immer noch hungrig. Und weil der Storch nun einmal tot war, machte der Nackte Bär ein kleines Feuer, rupfte den Storch, spießte ihn auf, briet ihn und aß ihn dann schließlich auf.

Der Hirsch

Ein Hirsch war auf der Flucht vor einem Jäger und stürmte durch den Wald. Ein schönes junges Mädchen, das im Wald nach Beeren suchte und in den grünen Sträuchern hockte, übersah der Hirsch beinah. Im letzten Moment sprang er darüber hinweg. Durch den Sprung selbst überrascht, stolperte der Hirsch, fiel hin und blieb reglos liegen. Da ging das Mädchen zu dem Hirsch und sagte: *"Du armer Hirsch. Du hast für mich dein Leben gegeben und so schulde ich dir großen Dank."* Dann setzte es sich neben den Hirsch, streichelt ihn und gab ihm einen Kuss. Da verwandelte sich der Hirsch in einen schönen jungen Prinzen. Der Prinz erwachte und sagte zu dem Mädchen: *"Du hast mich von dem Fluch einer bösen Hexe befreit, der besagte, ich müsse so lange ein Hirsch sein, bis eine Jungfrau mich küssen würde. Dies ist nun geschehen. Als Dank dafür, sollst du nun meine Frau werden."* Da freute sich das Mädchen und wollte den Prinzen aus dem Wald herausführen. Doch nun hörten die beiden auf einmal jemanden rufen: *"Hilfe, Hilfe. Lass mich los."* Da kam der Nackte Bär daher und trug den Jäger unter seinem Arm. Als der Nackte Bär den Prinzen und das Mädchen sah, sagte er: *"Stellt Euch mal vor, der Jäger hat einfach so auf mich geschossen. Dabei sehe ich weder aus wie ein richtiger Bär, noch wie ein anderes Wild! Zum Glück hat er nicht getroffen."* Da entgegnete der Jäger: *"Ich habe nur gesehen, wie sich etwas bewegt hat. Ich dachte, es wäre der Hirsch gewesen."* – *"Dann hättest du mich erschossen."* Sagte nun der Prinz. Und da erkannte der Jäger, der nämlich der Hofjäger des Prinzen war, seinen Herrn wieder und bat um Verzeihung. Das fiel dem Prinzen leicht, da der Jäger ihn ja in die arme des schönen jungen Mädchens getrieben hatte. Und so wurde bald Hochzeit gefeiert, zu der nun auch der Nackte Bär eingeladen war. Und da der Prinz so glücklich war, ließ er für den Nackten Bären gleich zehn Köche abstellen, die alles kochen mussten, was er sich nur wünschte. Da aß der Nackte Bär soviel, dass ihm fast wieder neue Haare gewachsen wären. Schließlich schlief er aber nach drei Tagen des Essens und Trinkens ein und wachte im Wald wieder auf. Dorthin hatten ihn nämlich die zehn Köche heimlich bringen lassen, aus Angst, er würde noch die ganze Hofküche leer essen, wenn er nicht bald vom Hof verschwände. Was dann geschah, steht in einem anderen Märchen. Jedenfalls kannte der Nackte Bär sich ja hier im Wald gut aus, und satt war er auch noch für ein Weilchen. Und damit ist dieses Märchen zu Ende.

Das alte Pferd

Es war einmal ein Bauer, der fuhr mit seinem Pferdewagen nach Süden, wo die nächste Stadt lag. Nach einiger Zeit fing das alte Pferd an zu lahmen. Da musste der Bauer vom Wagen steigen und nachsehen, was es wohl hatte. Er konnte aber nichts entdecken. Das Pferd jedoch hatte sein Leben lang vor dem Wagen oder dem Pflug gestanden und nie eine Verletzung gehabt. Nun aber hatte es plötzlich keine Lust mehr, den Wagen weiterzuziehen. Mehr noch: Es hatte keine Lust mehr, überhaupt noch irgendeinen Dienst zu leisten. Und so tat es eben, als sei es nun tatsächlich zum ersten Mal krank geworden. Der Bauer hingegen dachte: *"Gut, dass wir in die Stadt fahren. Da kann ich den alten Gaul gleich zum Abdecker bringen. Der wird ihn schlachten, und ich bekomme noch ein paar Groschen für das unnütze Tier."* Als sie so ein Weilchen langsam dahinzogen waren, dachte sich aber auch das alte Pferd: *"Bestimmt bringt mich der Bauer in der Stadt gleich zum Abdecker."* Und so ging es immer langsamer und langsamer, bis es einfach stehen blieb. Nun wurde der Bauer zornig, nahm die Peitsche und schlug es in seiner Wut, ohne innezuhalten. Da wieherte das alte Pferd vor Schmerz. Das Wiehern aber hörte der Nackte Bär, der zufällig in der Nähe war, und so kam er aus dem Wald hervor und sagte: *"Guten Tag, ich bin der Nackte Bär."* Der Bauer kannte jedoch den Nackten Bären nicht, erschrak über alle Maßen und nahm schnell Reißaus. Der Nackte Bär aber spannte das alte Pferd aus und überlegte, was zu tun sei. Da sagte das Pferd: *"Dafür, dass Du mich gerettet hast, überlass' ich Dir den Wagen. Ich werde von jetzt an hier im Wald wohnen. Hier gibt es genügend Lichtungen mit saftigen Wiesen. Da habe ich meine Ruhe und muss keinen Pflug und keinen Wagen mehr ziehen."* Dann verabschiedete sich das alte Pferd vom Nackten Bären und verschwand im Wald. Der Wagen aber, den das alte Pferd hatte ziehen müssen, war voller Speisen, die der Bauer auf dem Markt hatte verkaufen wollen. Doch nun konnte sich der Nackte Bär daran erst einmal wieder richtig satt essen. So hatten alle etwas davon, außer der undankbare Bauer, der nun sein Pferd, seinen Wagen und seine Waren verloren hatte. Und als er nach Hause kam und seiner Frau alles erzählte, da bekam er noch eins mit der Bratpfanne über den Schädel, sodass er drei Wochen lang Kopfschmerzen hatte.

Der Hofhund und die Wölfe

Es war einmal ein Hofhund, der hatte einen Herrn, dem vor langer Zeit die Frau gestorben war. Seitdem trank der viel Schnaps und wurde immer launenhafter und böser. Den Hofhund aber hielt er nur an der Eisenkette, und aus lauter Bosheit versetzte er ihm oft Schläge mit einem großen Knüppel oder grobe Tritte mit seinen großen eisenbeschlagenen Stiefeln. Eines Tages aber zersprang die rostige Eisenkette, und der Hofhund suchte schnell das Weite. Endlich befreit von seinem bösen Herrn, freute sich der Hund seines Lebens und trabte fröhlich durch den Wald. Da traf er mitten im Wald einen Wolf. Der Wolf fühlte sich dem Hofhund überlegen und um ihn aus seinem Revier zu vertreiben, zeigte er dem Hund die Zähne. Der Hofhund aber sah nur, dass der Wolf etwas Böses wollte, aber weder einen großen Knüppel noch eisenbeschlagene Stiefel hatte. Zudem war er selbst nicht an der Kette, die einen guten Angriff sonst verhindert hatte. Und so sprang der Hofhund auf den Wolf, als sei es sein böser, betrunkener Herr, und er verbiss derart in den Wolf, dass der nur noch winselte und flehte, der Hofhund möge ihn doch nicht tot beißen. Der Hofhund aber biss im Siegesrausch immer fester zu, und der Wolf winselte immer lauter und sprach in seiner Not: *"Wenn du von mir ablässt, werde ich dir's ewig danken!"* Da ließ der Hofhund nun endlich ab vom Wolf. Der Wolf aber war der Anführer eines ganzen Wolfsrudels. Und weil der Hofhund den Wolf besiegt hatte, sagte der zu ihm: *"Du hast mich im Kampf besiegt. Nun bist du der neue Anführer des Wolfsrudels."* Von nun an hatte der Hofhund ein schönes Leben. Er brauchte gar nicht an den Beutezügen des Wolfsrudels teilzunehmen und trotzdem bekam er immer den größten Anteil ab von dem, was das Rudel gerissen hatte. So lebte er einige Zeit glücklich dahin. Eines Tages traf er den Nackten Bären. Da sagte der Nackte Bär: *"Guten Tag. Ach, du bist der Hofhund, der seit einiger Zeit der Oberwolf des Rudels ist. Weißt du, dass es deinem früheren Herrn sehr schlecht ergangen ist, seit du fortgelaufen bist? Als er deine zersprungene Eisenkette sah, hat er vor Wut mit den Resten der Kette um sich geschlagen. Dabei zersprang seine Öllampe. Und daraufhin ist die Scheune in Flammen aufgegangen, und schließlich sind Haus und Hof auch noch abgebrannt. Nun trinkt Dein ehemaliger Herr keinen Tropfen mehr. Er hütet jetzt die Schafe der anderen Bauern. Damit hat er noch einmal Glück im Unglück gehabt."* Nachdem der Nackte Bär dies alles erzählt hatte, wünschte er nochmals einen Guten Tag und ging seiner Wege. Der Hofhund aber rief sein Wolfsrudel zusammen. Dann trabte es gemeinsam zum ehemaligen Herrn des Hofhundes, der nun der Schäfer war. Der saß am Waldrand mit der Schafherde. Da sagte der Hofhund zum Schäfer: *"Guten Tag, Herr. Kennst du mich noch?"* Da sah der Schäfer aber das ganze Wolfsrudel und schrie vor Angst: *"Der Teufel hat Euch geschickt!"* Da biss der Hofhund den Schäfer tot. Das Wolfsrudel aber machte sich über die Schafe her und fraß alle auf. Nun waren der Hofhund und die Wölfe für lange Zeit so richtig satt und glücklich. Und wenn sie nicht gestorben sind, dann ziehen die Wölfe und der Hofhund noch heute durch die Wälder und fressen, was ihnen in den Weg kommt, außer den Nackten Bären. Den frisst keiner!

Der Uhu und das Mädchen

Es war einmal ein Mädchen, das wohnte mit seiner Mutter in einem kleinen Häuschen. Eines Nachts erblickte das Mädchen von seinem Bett aus einen Uhu, der am Fenster saß. Ängstlich drehte sich das Mädchen um und blieb die ganze Nacht so liegen. Am nächsten Tag fürchtete es sich schon vor der kommenden Nacht, denn vielleicht würde wieder der Uhu am Fenster sitzen. Als das Mädchen abends zu Bett ging, zog es die Vorhänge zu, um ganz ruhig schlafen zu können. Als es nun im Bett lag, sah es auf einmal einen Schatten hinter dem Vorhang. Es war der Schatten des Uhus. Wieder drehte sich das Mädchen auf die andere Seite. Da hörte es den Uhu sagen: *"Hab keine Angst und komm heraus. Geh mit mir zu meinem Nest."* Da bekam das Mädchen einen großen Schreck und rührte sich nicht, bis es hell wurde. Am nächsten Tag stellte das Mädchen ein großes Brett vor das Fenster, um endlich seinen Schlaf zu finden. In der folgenden Nacht war alles ruhig. Das Fenster war fest verschlossen, und nichts war zu hören. Um Mitternacht wurde das Mädchen aber geweckt. Es hörte ganz deutlich eine Stimme durch den Kamin, die sagte: *"Hab keine Angst und komm heraus. Geh mit mir zu meinem Nest. Dort geb' ich dir das güldene Ei."* Ängstlich hielt sich das Mädchen die Ohren zu. Dann wurde es aber doch neugierig, was es mit dem güldenen Ei wohl auf sich hätte, und so stand es auf und ging vor das Haus. Da sah es den Uhu auf dem Schornstein sitzen. Der Uhu sagte: *"Folge mir! Es wird zu Deinem Besten sein."* Und so flog der Uhu los, und das Mädchen ging hinterher. Mitten im Wald hörte das Mädchen jemanden Niesen: *"Hatschi."* Da erschien eine große Gestalt. Es war der Nackte Bär. Er sagte: *"Vorsicht. Ich bin erkältet."* Da lief das Mädchen schnell weiter dem Uhu hinterher. Endlich kamen sie am Nest des Uhus an, und in dem Nest lag ein goldenes Ei. *"Nimm das güldene Ei und lass es von einem Huhn ausbrüten. Dann wird dir Gutes widerfahren."* Sprach da der Uhu. So nahm das Mädchen das goldene Ei mit nach Hause und ließ es von einem Huhn ausbrüten. Da entschlüpften dem goldenen Ei lauter kleine Feen, die alle zu dem Mädchen sagten: *"Komm mit. Jetzt wollen wir die böse Hexe verjagen."* Und so setzten die kleinen Feen das Mädchen auf einen Decke, fassten die Ränder der Decke und flogen allesamt in den Wald zum Nest des Uhus. Als sie am Nest ankamen, lag dort die tote Hexe und ein Mann saß daneben. Der Mann freute sich, als er das Mädchen erblickte und sagte: *"Mein liebes Kind. Ich bin dein Vater. Die böse Hexe hatte mich in einen Uhu verwandelt, und ich durfte bei meinem Leben nicht verraten, wer ich bin. Ich sollte für die Hexe das goldene Ei aufbewahren, das sie aus dem Feenlande gestohlen hatte. Aber außer einer Fee konnte nur ein Huhn das Ei ausbrüten. Doch heut' Nacht kam die Hexe hierher und sagte, sie sei dem Nackten Bären begegnet, und der hätte sie angeniest. Seitdem hatte sie die Grippe, und nachdem sie mir das erzählt hatte, fiel sie plötzlich um und war tot."* Da lachten die Feen und sagten, dass Hexen schon an einem leichten Schnupfen sterben könnten. Nun freuten sich alle, und der Vater zog wieder zu seiner Familie, und alle lebten noch lange und glücklich miteinander.

Der Spatz und der goldene Ring

Ein Spatz fand einen goldenen Ring und wusste damit nichts anzufangen. Doch weil er so schön glänzte, schnappte er den Ring, brachte ihn in sein Nest und sagte zu seiner Spatzenfrau: *"Ich habe dir einen schönen Schmuck mitgebracht!"* Als die Spatzenfrau den goldenen Ring erblickte, sagte sie: *"Oh, was für ein unverhoffter Reichtum. Jetzt können wir uns ein großes neues Nest leisten."* Der Spatz war erstaunt über seine Frau. Er hatte gedacht, sie würde sich über den glänzenden Schmuck freuen. Da sagte der Spatz: *"Aber wer gibt einem Spatz Geld für einen goldenen Ring?"* – *"Frag den alten Raben!"* Erwiderte die Spatzenfrau. Da flog der Spatz mit dem Ring zum alten Raben. Der alte Rabe aber konnte nicht mehr gut fliegen, um sich Futter zu suchen und sah nun die Gelegenheit, sein Altenteil zu erlangen. So sprach er: *"Gut, ich kann das Geschäft für dich erledigen. Aber ich bekomme den dritten Teil des Erlöses."* – *"Einverstanden."* Sagte der Spatz. Da flog der alte Rabe mit dem Ring zu einem alten Hofhund und sagte: *"Ich habe gehört, du hast schon einmal einen goldenen Ring zu Geld gemacht. Hier ist wieder einer. Kannst du auch den zu Geld machen?"* Der alte Hofhund besah sich den Ring. Und weil er sich an seinen Reichtum durch den ersten goldenen Ring schon gewöhnt hatte, sah er hier die Möglichkeit, diesen noch zu vergrößern. Daher sagte er: *"Ich kann es versuchen. Aber ich bekomme den dritten Teil des Erlöses."* – *"Einverstanden."* Entgegnete der alte Rabe. Dann nahm der alte Hofhund den goldenen Ring und ging damit zum Nackten Bären. *"Guten Tag, Nackter Bär. Du hast doch schon einmal einen goldenen Ring für mich zu Geld gemacht.*

Jetzt habe ich wieder einen. Kannst mir nicht noch einmal helfen?" Da besah sich der Nackte Bär den goldenen Ring und dachte bei sich: Es ist doch schon seltsam, dass dieser alte Hofhund zum zweiten Mal in seinem Leben an einen goldenen Ring kommt. Da wäre es doch ganz im Sinne meines großen Hungers, einen guten Teil an Gebühr für meine Hilfe zu verlangen. Dann sagte er: *"Gut, ich tausche den Ring beim Goldschmied in gutes Geld ein. Aber ich bekomme den dritten Teil des Erlöses."* – *"Einverstanden."* Erwiderte der alte Hofhund. Und so ging der Nackte Bär zum Goldschmied und bekam eine Hand voll Taler für den goldenen Ring. Davon behielt er den dritten Teil. Der alte Hofhund wiederum behielt auch den dritten Teil und der alte Rabe bekam das letzte Drittel. Der Spatz und seine Frau aber bekamen gar nichts. Da ärgerte sich die Spatzenfrau so sehr, dass sie vor Gram starb. Der Spatz aber lernte bald eine neue Spatzenfrau kennen, die obendrein so reich war, dass er es nicht mehr nötig hatte, glücklose Geschäfte mit goldenen Ringen zu machen. Und also gab es doch noch ein ganz gutes Ende.

Die Schnecke und der Riesengrashalm

Es war einmal eine Schnecke, die kroch gemütlich durch die Heide. Da sah sie einen Grashalm, der besonders groß war. Er war so groß, dass die Schnecke das Ende des Grashalms gar nicht sehen konnte. Es war wohl der größte Grashalm der ganzen Welt. Nun wollte sie unbedingt den Grashalm fressen, nicht weil sie besonders großen Hunger hatte, sondern um sich rühmen zu können, den größten Grashalm der Welt gefressen zu haben. Also kletterte sie auf den Grashalm, um ihn von der Spitze an aufzufressen. Weil Schnecken aber so langsam sind, dauert es unglaublich lange bis die Schnecke oben angelangt war. Schließlich aber hatte sie es geschafft. Durch den langen Anstieg hatte die Schnecke auch inzwischen einen großen Hunger bekommen und begann nun zu fressen. Nach einer sehr sehr langen Zeit schließlich, hatte sich die Schnecke bis zum Boden durchgefressen, und der Riesengrashalm war verschwunden. Jetzt lag sie erschöpft genau an der Stelle, wo vorher der Grashalm gestanden hatte. Da kam eine Heuschrecke vorbei und fragte die Schnecke, ob ihr schlecht sei. Da sagte die Schnecke: *"Ich habe soeben den größten Grashalm der Welt aufgefressen. Jetzt werde ich bestimmt berühmt." – "So?"* – erwiderte da die Heuschrecke: *"Hat Dir denn jemand dabei zugesehen?" – "Nein."* Sagte nun die Schnecke. Plötzlich bebte die Erde. Die Heuschrecke sprang schnell weg und rief dabei noch: *"Vorsicht!"* Doch es war zu spät. Eine riesige Tatze trat auf die Schnecke. Die war sofort tot. Da sagte die Heuschrecke zum Nackten Bären, zu dem nämlich die Tatze gehörte: *"Du hast eben die Schnecke totgetreten!"* – *"Oh, Entschuldigung. Ich hab' sie wohl übersehen."* Antwortete da der Nackte Bär. *"Nun ja."* Bemerkte nun die Heuschrecke: *"Sie war wohl ohnehin eine Lügnerin."* Und so erfuhr niemand von der Schnecke, die den größten Grashalm der Welt gefressen hatte.

Der Riese

Es war einmal ein Riese, der sich verlaufen hatte. Eigentlich haben Riesen einen guten Überblick, weil sie so groß sind. Daher verlaufen sie sich sehr selten. Da Riesen aber viel größer sind als die gewöhnlichen Menschen, machen sie auch viel größere Schritte und können deswegen viel weiter laufen. Wenn sie sich dann aber einmal verlaufen haben, dann sind sie auch sehr weit weg von zu Hause. Zudem war dieser Riese aber sehr verträumt, und so war er eben auch sehr weit gelaufen, ohne auf die Richtung zu achten. Nun begann er sich aber zu fragen, wo er wohl war und wie weit es von hier bis nach Hause wäre. Es fand sich aber so gar kein Hinweis, der seine Fragen hätte beantworten können. Da setzte er sich hin und fing bitterlich zu weinen an. Wenn ein Riese weint, ist das sehr weit zu hören. Und so hörte der Nackte Bär, wie der Riese weinte. Da ging er zu dem Riesen und stellte sich vor: *"Guten Tag, ich bin der Nackte Bär. Brauchst du Hilfe?"* Der Riese aber verstand die Sprache des Nackten Bären nicht. Er kam ja aus dem Riesenland, wo die Riesensprache gesprochen wird. Aber auf einmal weinte der Riese gar nicht mehr. Vielmehr schaute er gerührt auf den Nackten Bären. Dann sagte er: *"Eieieiei."* Und schon nahm der Riese den Nackten Bären in seine Hände, schaukelte ihn und sage: *"Duzibuziwuzi."* Langsam verstand der Nackte Bär, dass der Riese ihn für ein Wickelkind hielt. Und da er nackt war, glaubte er wahrscheinlich, ein ausgesetztes Wickelkind gefunden zu haben und das auch noch ohne eine Windel. Ob der Nackte Bär es wollte oder nicht, er war nun das Kind des Riesen, denn der sorgsame Riese ließ ihn nicht mehr los. Durch diese neue Verantwortung schienen sich die Sinne des Riesen zusehends zu schärfen. Er besorgte etwas zu essen, baute eine schöne Wiege und summte angenehme Lieder für den Nackten Bären, den er dann am Abend in den Schlaf schaukelte. So einige Zeit ließ es sich der Nackte Bär gut gehen, dann aber wurde ihm die unfreiwillig aufgegebene Freiheit doch so kostbar, dass er auf einen Plan sann, sich dieser Sorge zu entledigen. Es bedurfte aber eines guten Planes: Einfach wegschleichen konnte er sich nicht. Denn dann hätte der Riese den ganzen Wald umgepflügt und nicht aufgehört, als bis er den Nackten Bären gefunden hätte. Mit Hilfe eines Jägers aber, bei dem der Nackte Bär noch etwas gut hatte, konnte es gelingen. Der Jäger hatte gerade einen bösen wilden Bären, der seit einiger Zeit sein Unwesen getrieben hatte, eingefangen. Eines Nachts nun schlich sich der Nackte Bär aus seiner Wiege und ging zu dem Jäger. Dieser zögerte zuerst, als der Nackte Bär erzählte, was er vorhatte. Schließlich half er ihm aber, den wilden, gefesselten Bären, der nun noch betäubt wurde, heimlich, still und leise zu der Wiege des Riesen zu bringen und diesen dort hineinzulegen. Nachdem dies geschehen war, machten sie sich schnell aus dem Staube. In der Morgendämmerung erwachte der wilde Bär und fing wütend zu brummen an, weil er Kopfschmerzen von dem Betäubungsmittel, einem Holzhammer, hatte. Da erwachte auch der Riese und wollte sich liebevoll um sein Kind kümmern. Doch was war das? Aus dem netten nackten Riesenkind war eine wütende haarige Missgeburt geworden. Da erschrak der Riese über alle Maßen, ließ den wilden Bären in der Wiege liegen und nahm mit Riesenschritten Reißaus. Seitdem wurde kein Riese mehr in dieser Gegend gesehen. Der wilde, zottelige Bär aber bekam wieder eins mit dem Holzhammer und musste zurück in den Bärenzwinger des Jägers. Dort wurde er durch den Anblick der Jägerstochter soweit gezähmt, dass er immer Purzelbäume schlug, wenn er sie sah. Das war dann aber auch schon alles.

Die drei Schweine

Drei Schweine suchten einmal das Weite, um nicht bei ihrem Bauern im Kochtopf zu landen. So liefen sie durch den Wald und wussten nicht so recht, wo sie wohl wohnen und zu fressen bekommen könnten. Da sah ein Wolf die drei Schweine, lief zu ihnen hin und sagte: *"Guten Tag, ihr drei Schweine. Ich sehe, ihr seid neu hier im Wald. Ich kann euch eine schöne Höhle zeigen, wo ihr wohnen könnt, und zu fressen gibt es da auch genug."* Die drei Schweine freuten sich über so viel Freundlichkeit und folgten bereitwillig dem Wolf. So kamen sie an eine Höhle, in die der Wolf sie gleich hineinbat. Er sagte zu Ihnen, sie sollten es sich schon gemütlich machen, denn er würde bald wiederkommen. Er wolle nur noch einige Freunde einladen, dann könnten sie Mahlzeit halten. Es sei ja nun genügend zu fressen da. Die Schweine waren froh und glücklich und warteten geduldig auf die Rückkehr des Wolfes und seiner Freunde. Da hörten sie plötzlich jemanden in die Höhle hineinkommen, und da sie nicht wussten, wer es war, versteckten sie sich in einer dunklen Ecke. Was da in die Höhle gekommen war, war aber sehr groß und passte kaum hinein. Dennoch legte es sich einfach hin und schlief ein. Nach einiger Zeit kam der Wolf mit seinem Rudel zurück und sagte lauthals: *"So meine Freunde, jetzt können wir uns mal wieder richtig satt essen. Drei fette Schweine habe ich in die Höhle gelockt. So leichte Beute hatten wir aber lange nicht mehr."* Die drei Schweine hörte von drinnen, was der Wolf sagte und bekamen es gehörig mit der Angst zu tun. Still und leise rückten sie noch enger in ihrer Ecke zusammen. Der Wolf aber sah, als er die Höhle betrat, einen riesigen blanken Rücken und rief den anderen Wölfen zu: *"Ich erinnere mich gar nicht, dass die Schweine so fett waren, dass eines schon den Eingang versperrt. Lasst uns nur gleich hier hineinbeißen."* Und schon schnappte der Wolf in den großen Rücken hinein. Doch was war das? Das riesige Tier brüllte ungeheuerlich, drehte sich um und richtete sich auf. Nun erschrak der Wolf, denn er hatte den

Nackten Bären gebissen. Da erschlug der Nackte Bär alle Wölfe, nur ausgerechnet der, der ihn gebissen hatte, konnte mit ein paar gebrochenen Rippen entkommen. Er suchte sich aber so schnell er konnte ein anderes Revier und zwar in einem fernen Land, solche Angst hatte er nun vor dem Nackten Bären. Die drei Schweine aber liefen dem Nackten Bären zwischen den Beinen herum, blinzelten verlegen zu ihm hoch und sagten: *"Vielen Dank, du großer starker nackter Bär."* Der Nackte Bär hatte aber nun keine Lust mehr, in dieser Höhle zu bleiben und suchte sich einen anderen Ort zum Schlafen. Die drei Schweine aber richteten sich in der Höhle ein. Und da Schweine ja alles fressen, so fraßen sie einstweilen die erschlagen Wölfe auf, die vor der Höhle herumlagen. Dabei beobachtete sie ein Wolf eines anderen Wolfsrudels und erzählte den anderen Wölfen, dass es neuerdings drei Schweine im Wald gab, die Wölfe fraßen. Von da an hatten die drei Schweine ein friedliches Leben, denn es hatte sich bald herumgesprochen, dass diese Schweine wohl besonders gefährlich seien. Und wenn sie nicht gestorben sind, dann leben sie heute noch in dem Wald.

Der einsame Wanderer

Es war einmal an einem heiteren Frühlingstag, da zog ein einsamer Wanderer durch den Wald. Wie er so ging und dabei ein lustiges Lied vor sich hin pfiff, stand da plötzlich ein kleines graues Wuzzelmännchen vor ihm. *"Guten Tag, lieber Mann."* Sagte das Wuzzelmännchen. *"Könntest du mir wohl etwas zu essen geben. Ich bin so arm und habe seit drei Tagen nichts gegessen."* Fügte es noch hinzu. Der einsame Wanderer sah sich das Männchen an, nahm seinen Rucksack von der Schulter und gab ihm etwas Brot und Speck. *"Das ist nicht viel, aber besser als nichts."* Sagte er dann. Das Wuzzelmännchen bedankte sich und zog seiner Wege. Auch der einsame Wanderer zog weiter mit seinem fröhlichen Lied auf den Lippen. Nach einiger Zeit stand abermals ein Wuzzelmännchen vor dem Wanderer und sagte: *"Guten Tag, lieber Mann. Könntest du mir wohl etwas zu essen geben. Ich bin so arm und habe seit drei Tagen nichts gegessen."* Wieder sah sich der einsame Wanderer das Männchen an, nahm seinen Rucksack, holte ein Beil hervor und spaltete dem Männchen mit einem Schlag den Schädel. Da verwandelte sich das Wuzzelmännchen in einen kleinen Teufel, der sich seinen immer noch gespaltenen Kopf hielt und durch seinen ebenfalls gespaltenen Mund undeutlich aber erkennbar wütend wimmerte: *"Dafür kommst du in die Hölle. Dafür kommst du in die Hölle."* – *"Nein, Mein Freund. Wer einen Teufel erschlägt, kommt bestimmt nicht in die Hölle. Du hättest dir einfach mit deiner Verkleidung mehr Mühe geben sollen: Zweimal ein Wuzzelmännchen mit Klumpfuß anzutreffen, das einen mit den gleichen Worten um etwas zu essen bittet. Da kann es sich nur um einen Teufel handeln."* So war es auch tatsächlich gewesen. An dem Klumpfuß hatte der einsame Wanderer den Teufel erkannt und ihn deswegen erschlagen. Der Teufel aber war so schwer getroffen, dass er bald starb. Nun war aber gerade dieser Teufel jener, der das Tor zur Hölle zu bewachen hatte. Nur zum Spaß war er an seinem freien Tag, einem Sonntag, an dem auch in der Hölle nicht gearbeitet wird, auf die Erde herabgestiegen, um die Erdbewohner ein bisschen zu necken und zu kleinen Untaten zu verleiten. Dies war ihm aber eben nicht gut bekommen. Doch nun, in den folgenden Tagen, kamen keine Bösewichter mehr in die Hölle hinein und kehrten dann einfach wieder zur Erde zurück, sodass immer mehr Unrecht auf Erden geschah. Die Teufel in der Hölle freuten sich, dass sie endlich mal nicht so viel zu tun hatten, außer mit denen, die ohnehin schon dort waren. Nun musste endlich der Oberteufel persönlich zur Erde herunter, denn nur er konnte dem erschlagenen, toten Teufel wieder Leben einhauchen. Und so zog er durch den Wald und suchte nach der Teufelsleiche. Da traf er den Nackten Bären und sagte: *"Guten Tag, Nackter Bär. Ich bin der Oberteufel und bin auf der Suche nach einem meiner Untergebenen. Hast du nicht vielleicht einen kleinen Teufel hier gesehen?"* Der Nackte Bär hatte aber gerade sehr schlechte Laune, da er lange nichts gegessen hatte. Und da der Oberteufel ja für alles Schlechte verantwortlich ist, so hatte der Nackte Bär gleich die Ursache seine Missmutes vor sich. Ohne zu antworten, gab er dem Oberteufel einen wütenden Schlag mit seiner Tatze, sodass der umfiel und ohnmächtig liegen blieb. Jetzt war nicht nur die Hölle geschlossen, sondern auch noch ihr oberster Herr außer Gefecht gesetzt. So gab es aber auch immer mehr Unrecht auf

Erden, weil kein Bösewicht mehr vom Teufel geholt wurde. Nun geschah es, dass der einsame Wanderer gerade an jener Stelle im Wald daherkam, wo der ohnmächtige Oberteufel lag. Aus Versehen trat der einsame Wanderer auf den ohnmächtigen Teufel, der davon aufwachte. *"So warte doch."* Rief der Oberteufel dem Wanderer zu. Da bemerkte der Wanderer den Teufel. *"Was gibt es denn?"* Fragte der Wanderer. *"Hast du nicht einen kleinen Teufel gesehen? Ich muss ihn unbedingt finden!"* Sagte da der Oberteufel. *"Vor ein paar Tagen habe ich einen erschlagen."* Erwiderte der Wanderer. Da zuckte der Teufel zusammen und dachte bei sich: Das ist aber eine gefährliche Gegend für Teufel. Dann sagte er zu dem Wanderer: *"Wenn du mich zu dem toten Teufel bringst, werde ich dir einen Wunsch erfüllen."* – *"Einverstanden."* Entgegnete der Wanderer. Und so führte er den Oberteufel zu seinem erschlagenen Untertan. Da wollte dieser dem toten Teufel schon wieder das Leben einhauchen, als der einsame Wanderer sagte: *"Halt, mein Freund. Zuerst musst du mir einen Wunsch erfüllen."* – *"Nichts leichter als das."* Erwiderte der Oberteufel, der nur schnell seinen Untergebenen wieder lebendig machen und in seinen Dienst stellen wollte. Da sagte der einsame Wanderer: *"Ich wünsche mir, dass ich alles in meinen Rucksack hineinwünschen kann, was ich will."* – *"Jaja, einverstanden."* Entgegnete der Oberteufel und blies neuen Atem in den toten Teufel. Doch was war das? Als der Teufel wieder erwachte, war alles dunkel, und er schrie um Hilfe. *"Ruhe."* Rief da der Oberteufel, der ganz dicht bei ihm saß, und den dunkel eine Ahnung überkam, was da wohl geschehen war. Der einsame Wanderer hatte nämlich in dem gleichen Augenblick, als der Oberteufel seinem Untertan den Atem eingehaucht hatte, sich die beiden in seinen Rucksack gewünscht, denn er konnte sich ja von nun an alles in seinen Rucksack wünschen, was er wollte. Nun wanderte er in die nächste Stadt, ging zu einem Schmied und ließ diesen ordentlich auf dem Rucksack herumhämmern. Da war erneut der kleine Teufel tot und der Oberteufel wieder ohnmächtig. Damit aber die Hölle nicht zu lange Pause machte, gab der einsame Wanderer einem Mörder, der gehenkt werden sollte, die beiden mit auf die Reise dorthin. Dann nahm er seinen Rucksack und wünschte sich immer nur hinein, was er wollte: etwas Geld, ein schönes Mädchen oder auch mal ein ganzes Königreich, gerade so, wie er Lust hatte. Und wenn er nicht gestorben ist, dann zieht er heute noch umher. Und wenn mal etwas Wertvolles verschwindet, dann könnte es sich der einsame Wanderer gerade in seinen Rucksack gewünscht haben.

Das Kleid und die Elster

Ein kleines Mädchen lief einmal auf einer Waldlichtung umher, um Erdbeeren zu sammeln, wie es ihm seine Mutter aufgetragen hatte. Es ist aber sehr mühsam, im Wald Erdbeeren zu sammeln, da viele Blätter die Früchte zudecken, und die Beeren daher schwer zu finden sind. Da dachte sich das Mädchen: Vielleicht wachsen an einer anderen Stelle die Beeren hoch bis zu meinen Händen und werden nicht von Blättern bedeckt, dann wird es einfacher sein, sie zu pflücken. Und so ging das Mädchen weiter durch den Wald. Nach einer Weile setzte es sich auf einen Baumstumpf, um sich etwas auszuruhen und sah verträumt in den Himmel. Da kam eine Elster geflogen und sprach: *"Wenn du mir dein schönes Kleid gibst, dann lasse ich die Beeren auf der Waldlichtung in die Höhe wachsen, und du kannst sie ganz leicht absammeln."* Und weil es gerade so schön warm war, so gab das Mädchen der Elster sein Kleid, sodass es nun nackt war. Nun lief es schnell zurück zu der Waldlichtung, um die Erdbeeren einsammeln zu können. Und tatsächlich waren alle Beeren in die Höhe gewachsen. Da freute sich das Mädchen und wollte die Beeren in den Rock seines Kleides hineinsammeln. Doch da fiel ihm auf, dass es ja nackt war und so gar kein Behältnis hatte. Enttäuscht schlenderte es langsam wieder zu dem Baumstumpf zurück und rief nach der Elster. Nach einiger Zeit kam endlich die Elster und fragte, ob denn schön viele Erdbeeren in der Lichtung zu sehen seien. *"Ja."* Sagte das Mädchen *"Aber ich habe nun doch gar nichts, wo ich die Beeren hineintun kann. Du musst mir also das Kleid wiedergeben."* Fügte es noch hinzu. *"Nun."* Entgegnete da die Elster. *"Wenn Du meinst, es war ein schlechter Tausch, dann gebe ich Dir Dein Kleid eben wieder."* Und so bekam das Mädchen sein Kleid zurück und lief wieder zu der Lichtung. Doch was war das. Alle Erdbeeren waren verschwunden. Wohl deswegen, weil die Elster ihr das Kleid zurückgegeben hatte und nun der Zauber nicht mehr wirkte. Aber selbst als das Mädchen sich bückte und unter die Blätter der Erdbeerpflanzen schaute, fand es nicht eine einzige Erdbeere. Da sah sich das Mädchen verzweifelt um und wollte schon bitterlich zu weinen anfangen. Plötzlich erblickte es aber am Rande der Lichtung einen großen roten Haufen. Als es auf diesen zuging, bemerkte es ein seltsames Geräusch. Während es aber näher kam, sah es, dass der ganzen Haufen aus Erdbeeren bestand. Und als es ganz nah vor ihm stand, sah es erst, das der Erdbeerhaufen dreimal so hoch war wie es selbst. Doch das seltsame Geräusch musste hinter diesem kleinen Berg aus Erdbeeren seine Ursache haben. Vorsichtig lief das Mädchen um die Erdbeeren herum. Da erschrak es. Denn hinter den Erdbeeren lag der Nackte Bär und schnarchte. Offenbar hatte er, als das Mädchen den langen Weg zurück zu der Elster gelaufen war, die ganzen Erdbeeren, die durch den Zauber der Elster ja hochgewachsen waren, eingesammelt, aufgehäuft und davon gleich so viele gegessen, dass er müde geworden und nun eingeschlafen war. Da breitete das Mädchen schnell und leise seinen Rock auseinander und schob so viele Erdbeeren darauf, wie es tragen konnte. Dann ging es vergnügt nach Hause. Die Mutter des Mädchens war nun sehr stolz auf ihre fleißige Tochter und schenkte ihr bald ein neues, noch schöneres Kleid. Und so war alles noch einmal ohne viel Mühe gut ausgegangen.

Des Mädchens Wunderhorn

Es ging einmal ein Knabe, dessen Eltern gerade gestorben waren, in die weite Welt hinein. Weil er von einem kleinen Dorf kam und die nächste Stadt einige Tagesmärsche entfernt war, so musste er zunächst durch einen dichten Wald laufen. Am Abend suchte er sich einen alten ausgehöhlten Baum, um dort zu übernachten. So geschah es auch am zweiten Tag. Am dritten Tag hatte sich der Knabe aber so recht verirrt und setzte sich ein wenig nieder. Es dämmerte bereits, doch plötzlich hörte er ein seltsames Tönen. Und weil er neugierig war, ging der Knabe dem Geräusch nach. Da sah er ein junges Mädchen, das auf einem Fels stand und in ein Horn blies. Er kletterte auf den

Fels zu dem Mädchen und sagte: *"Guten Tag, schönes Mädchen. Für wen bläst du denn in das Horn? Hier ist doch weit und breit niemand zu sehen!"* Da sah das Mädchen den Knaben traurig an und sagte: *"Ich blase das Horn, damit die Tiere sich verstecken. Denn wenn es dunkel wird und ein Tier irrt noch umher, dann verwandelt es sich in einen Stein."* – *"Nun, dein Horn scheint gut zu tönen. Ich sah auf meinem Weg nicht einen Stein, der an ein Tier erinnert."* Sagte da der Knabe. *"Ja, das ist wohl so."* Antwortete das Mädchen. *"Das Horn ist ein Wunderhorn und es geschieht, was ich mir wünsche."* Fügte es noch hinzu. *"Ei, nun warum wünschst du dir denn nicht, dass die Tiere sich nie mehr in Steine verwandeln können? Dann müsstest du nicht immerzu ins Horn blasen!"* Erwiderte da der Knabe. *"Das darf ich nicht."* Sagte das Mädchen. *"Denn ein böser Zauberer hält meine Mutter in seinem Schloss gefangen und wenn ich mir etwas anderes wünschte, dann würde der Zauberer meine Mutter für alle Ewigkeit selbst in einen Stein verwandeln."* – *"Nun denn."* Sprach da der Knabe. *"Der Zauber mag für dich gelten, nicht aber für mich. Lass mich in das Horn blasen und ich verwandele den Zauberer selbst in einen Stein und wünsche mir, dass alle Verwünschungen des Zauberers erloschen sind."* Da gab das Mädchen dem Knaben das Wunderhorn. Und der blies nach Leibeskräften hinein, auf dass der Zauberer zu Stein werde und all dessen Verwünschungen erlöschen sollten. Doch nun erschraken der Knabe und das Mädchen. Denn plötzlich begann der Fels unter ihnen sich zu bewegen. Auch fing er zu brummen an. Und nun blickte der Fels sie obendrein noch an: Es war der Nackte Bär, der sich gerade zurückverwandelt hatte. Einzig der Nackte Bär war jemals zu Stein geworden in diesem Zauberwald. Er hatte zwar nach dem Wunsche des Mädchens eines Abends das Wunderhorn gehört, sich aber nicht versteckt, weil er sich gerade so sehr daran erfreut hatte, den Honig eines leeren Bienenstocks zu schlecken. Die Bienen hatten sich nämlich unterwegs schnell woanders eine Herberge suchen müssen, als sie die Töne des Wunderhorns vernommen hatten, eben um nicht zu kleinen Kieselsteinchen zu werden. Nun aber war der Nackte Bär wieder erwacht und ging mit dem Knaben und dem Mädchen zum Schloss des Zauberers, wo die Mutter des Mädchens dieses schon sehnlichst erwartete. Der Zauberer hatte sich aber, gerade als der

Knabe ins Wunderhorn geblasen und ihn verwünscht hatte, ein Bad in einem steinernen Wasserbecken gegönnt, dabei ein Lied gesungen und so den Mund offen behalten. Nun wurde daraus einfach ein Springbrunnen, und aus des Zauberers Mund sprudelte frisches Wasser. Von da an lebte die Mutter mit den beiden Kindern in dem Schloss, und als die beiden in das richtige Alter kamen, ward eine schöne Hochzeit gefeiert. Es fehlte ihnen an nichts, denn sie hatten ja das Wunderhorn, mit dem sie sich alles Mögliche wünschen konnten. Nur den bösen steinernen Zauberer ließen sie für alle Zeiten in dem Brunnen. Der Nackte Bär aber kam noch oft vorbei und ließ sich dann ein schönes Mahl herbeizaubern und hin und wieder durften der Knabe und das Mädchen sich auf ihn stellen, wie einst, als er noch ein Fels gewesen war.

Die Äpfel vom Baum des Lebens

Ein Soldat, der des Krieges müde war, nahm seinen Abschied und bekam zum Dank für seine Dienste vom Hauptmann einen silbernen Säbel geschenkt. Diese besondere Gabe erhielt der Soldat zur Ausnahme, weil er seinem Hauptmann einst das Leben gerettet, indem er diesen vor einer herannahenden Kanonenkugel in die Deckung gezogen hatte. Der silberne Säbel hatte aber eine besondere Eigenschaft: Jeder, der damit verletzt wurde, musste sterben. Der Hauptmann selbst hatte den Säbel einst einer bösen Hexe entwunden, die ihn damit hatte traktieren und töten wollen. Nun brauchte der Hauptmann den Säbel aber nicht mehr, da er bald zum Major befördert und auf einen ruhigen Posten, weit von den Schlachtfeldern entfernt, versetzt werden sollte. So dankte der Soldat dem Hauptmann für das Geschenk und machte sich zur nächsten Stadt auf. Dort angekommen, ging er in ein Wirtshaus. Weil der Soldat beim Abschied seinen Sold für die letzten drei Jahre seines Dienstes ausbezahlt bekommen hatte, musste er ans Sparen nicht denken. Also ließ er sich so richtig auftischen. Nach dem Mahl trank er noch einige Becher Wein und gedachte, sich bald in der ihm vom Wirt versprochenen Kammer die Nachtruhe zu gönnen. Da trat ein grober Gesell an seinen Tisch, der machte sich über den Soldaten ganz böse lustig:

Ob er wohl zu alt sei zum kämpfen und nun nur noch seine Uniform, denn die hatte der Soldat noch an, herumzeigen möchte. Da stand der Soldat auf und sagte: *"Ich möchte keinen Streit mit dir. Ich bin müde und lege mich jetzt schlafen."* Als aber der Soldat gehen wollte, da hielt ihn der Kerl fest und sprach: *"Miss zuerst deine Kräfte mit mir!"* Da sah ihn der Soldat und sagte: *"Gut, aber lass mich zuerst meinen silbernen Säbel ablegen. Denn du hast keine Waffen. Das wäre ein ungleicher Kampf."* Und der Soldat legte den Säbel ab. Da ergriff der Grobian den Säbel und hieb damit nach dem Soldaten. So gut der tapfere Soldat auch auswich, auch weil er um die tödliche Kraft des Säbels wusste, nach einige Schlägen ins Leere ritzte der Säbel eine kleine Wunde in des Soldaten Arm. Erfreut über diesen Treffer hielt der grobe Gesell kurz inne, der Soldat aber, geübt durch viele Kämpfe, nutzte die Gelegenheit und schlug dem Bösewicht den Säbel aus der Hand, dann brachte er den Schurken zu Fall, band ihm die Hände mit einem Tischtuch, und alsbald ward der Tunichtgut durch die Stadtwache abgeführt und eingekerkert. Dem Soldaten aber schwanden langsam die Kräfte und er wusste, weil er durch den silbernen Säbel verletzt ward, dass er bald sterben musste. Er wurde in seine Kammer gebracht und des Wirtes Tochter nahm sich seiner an und wusch seine Wunde. Bald fragte sie: *"Warum bist du so schwach, Soldat, wo deine Wunde doch so klein ist?"* Da erklärte ihr der Soldat, was es mit dem silbernen Säbel auf sich hatte und nun wurde das Mädchen sehr traurig. Doch dann sagte es: *"Letzte Nacht hatte ich einen seltsamen Traum. Ein altes Weib kam in unser Wirtshaus und trug einen Korb voller Äpfel bei sich, die sie verkaufen wollte. Sie sagte dabei: ‚Hier sind kostbare Äpfel. Die hat mir der Nackte Bär geschenkt. Sie fielen vom Baum als der Nackte Bär sich seinen juckenden Rücken eben an jenem Baum scheuerte, am Baum des Lebens, so sagte er mir. Gebt mir nur für die Äpfel, was ihr entbehren könnt.‘ Es wollte aber niemand die Äpfel kaufen. Die Leute riefen nur: ‚Lass uns in Frieden mit deinen Äpfeln. Wir wollen hier Wein trinken und uns den Braten schmecken lassen!‘ Und so war die Alte weitergezogen."* Der Wirt war aber, gerade als seine Tochter von dem Traum zu erzählen begonnen hatte, leise in die Kammer des Soldaten getreten. Nun sprach der Wirt: *"Nein, mein Kind, das war kein Traum. Die Alte war wirklich bei uns im Wirtshaus. Und weil keiner einen Apfel wollte, da habe ich ihr den ganzen Korb für ein paar Kreuzer abgekauft. Nur hast du doch bis gestern noch im Fieber gelegen und kein Arzt hatte dir helfen können! Dir ist wohl vom Treiben der Gäste durch den Kamin in Deinem Zimmer etwas zu Ohren gekommen in deinem halbwachen Dämmerzustand. Du riefst nur immerzu: ‚Einen Apfel, einen Apfel!‘ Da ließ ich einen der Äpfel der Alten anschneiden und gab dir ein Stück und schon nach kurzer Zeit war alle Krankheit von dir abgefallen."* Inzwischen war der Soldat aber ganz blass geworden und die Lebensgeister schienen ihn verlassen zu wollen. Da rief das Mädchen abermals: *"Einen Apfel, einen Apfel!"* Und bald ließ sie den Soldaten von einem der Äpfel essen. Nur mit größter Mühe konnte der Soldat ein Stückchen kauen und schaffte es eben noch, etwas davon zu schlucken, bevor ihm der Kopf leblos zu Seite fiel.

Entsetzt starrte das Mädchen auf den Soldaten und legte seine Hand auf dessen kalte Stirn. Doch nach einigen Augenblicken kehrte wieder Farbe in dessen Gesicht zurück und bald öffnete er seine Augen wieder. Keck schaute er des Wirtes Tochter an und sagte: *"So schnell geh' ich wohl doch nicht von der Welt!"* Und so freuten sich beide über diese glückliche Fügung. Bald ward Hochzeit gefeiert und es folgte ein glückliches Leben. Aus den Äpfeln brannte der Wirt einen Schnaps, der bei schweren Erkrankungen verabreicht wurde. Den silbernen Säbel aber schickte der Soldat seinem alten Hauptmann zurück. Der war, wie ausgelobt, inzwischen Major geworden und hatte seinen ruhigen Posten angetreten. Also hängte er sich den Säbel über sein Sofa. Da konnte er eigentlich niemandem mehr gefährlich werden.

Der Knappe

Ein fahrender Rittersmann trabte samt Knappen durch den Wald. Da traf er auf einen anderen Rittersmann samt Knappen. *"Wohin des Wegs?"* Fragte da der fahrende Rittersmann jenen anderen. Der antwortete: *"Zum Schloss der schönen Jungfrau Kunigunde. Dort findet ein gar ehrbares*

Ritterspiel statt. Wer den Sieg aber davonträgt, der wird die schöne Kunigunde zur Gemahlin nehmen dürfen und der neue König des Landes werden." – *"Wohlan."* Sprach da der fahrende Rittersmann: *"Da wäre es wohl das Beste, ich forderte Euch hier zum Zweikampf heraus. So kann ich dann, nach einem errungenen Sieg über Euch, der schönen Jungfrau Kunigunde entgegeneilen und mit des Schicksals Güte ihr Gemahl bald werden."* – *"Nun denn, so soll meine eiserne Streitaxt Euch Euren Stolz und Eure Glieder nehmen."* Antwortete der da andere Rittersmann. *"Da irrt Ihr Euch. Denn mein gut geschärftes Schwert wird Euch den Schädel gleich vom Körper schneiden."* Entgegnete nun der fahrende Rittersmann. Und alsbald schlugen sie mit ihren tödlichen Waffen aufeinander ein. Doch der fahrende Rittersmann führte sein Schwert so geschickt, dass er dem anderen bald dessen Schädel samt Helm mit einem Hieb vom Körper schlug. Da musste dessen Knappe seinen ehemaligen Herrn begraben und sich auf die Suche nach einem neuen Rittersmann, dem er dienen konnte, machen. Und so ging der Knappe allein durch den Wald, da er sein Maultier und das Pferd seines ehemaligen Herrn dem fahrenden Rittersmann hatte überlassen müssen. Wie der Knappe so durch den Wald lief, da fiel mit einem Male ein großer Wolf vom Himmel genau vor des Knappen Füße. Der Wolf kam aber mit solcher Wucht geflogen, dass ihm bei der Landung alle seine Beine brachen. Verzweifelt, hilflos und voller Schmerz sah der Wolf den Knappen an. Der Knappe zog schon seinen Hirschfänger, um dem Wolf den Rest zu geben. Doch da begann der Wolf wohl seine Schmerzen erst recht zu fühlen und bekam es obendrein entsetzlich mit der Angst zu tun. Und so brach er in ein grauenvolles Geheule aus. Dabei sagte er: *"Töte mich nicht! Töte mich nicht! Es soll dir auch zum Guten gereichen."* Da erbarmte sich der Knappe des Wolfes und legte dessen gebrochenen Knochen Schienen an, auf dass der Wolf wieder gesund würde. Und da ihn ja sonst nichts trieb, so blieb der Knappe für einige Zeit im Wald, lebte von Wurzeln und Beeren und pflegte den Wolf gesund. Als der Wolf nun gesund war, sagte er zu dem Knappen: *"Dafür, dass Du mich verschont und gesund gepflegt hast, werde ich Dir drei Wünsche erfüllen. Du brauchst nur den Wunsch auszusprechen und schon wird er in Erfüllung gehen."* – *"Ich werd's mir merken."* Erwiderte der Knappe und so trennten sich ihre Wege. Da lief der Knappe durch den Wald und kam bald auf eine Lichtung. Dort schlugen sich zwei Rittersmänner, die einander auf dem Wege zum Ritterspiel der Kunigunde getroffen hatten, ganz wie des Knappen ehemaliger Herr und der fahrende Rittersmann zuvor. Nun war einer der beiden eben jener fahrende Rittersmann und wieder führte ihn sein scharfes Schwert und seine geschickte Hand zum Sieg über den anderen Rittersmann, indem er auch diesem das Haupt vom Körper schlug. Als der Knappe das gesehen hatte, ging er hin und sagte: *"Fahrender Rittersmann, ich wünsche mir, dass Ihr mich zum Ritter schlagt."* Und ganz ohne Widerspruch zog der fahrende Rittersmann sein Schwert abermals, legte es auf die Schulter des Knappen und erhob ihn in den Ritterstand. Dies war jenem fahrenden Rittersmann möglich, weil er der König eines fernen Landes war, der als fahrender Rittersmann der Herz der schönen Jungfrau Kunigunde erobern wollte, denn nur Könige dürfen einen Mann in den Ritterstand erheben. Nun sagte der Knappe, der jetzt ein Rittersmann war, zu dem fahrenden Rittersmann: *"Ich wünsche mir, dass Ihr im Kampf gegen mich verliert."* Und so kämpfte der fahrende Rittersmann tapfer gegen den Knappen, doch wie er sich auch mühte, sein Schwert verfehlte immer das Ziel. Der Knappe traf jedoch mit jedem Schlag seines Morgensterns den fahrenden Rittersmann. Nachdem nun der fahrende Rittersmann schon etliche Male umgefallen und sich wieder aufgerappelt hatte, sagte der Knappe: *"Ihr werdet den Kampf nicht gewinnen können. Gebt auf, bevor Euch ein tödlicher Schlag trifft."* Da hatte der fahrende Ritter ein Einsehen und so zogen sie nun gemeinsam zum Schloss der Kunigunde. Dort trat der Knappe nun als Rittersmann vor Kunigunde und sagte: *"Ich wünsche mir, dass ich das Ritterspiel gewinne."* Und genauso kam es dann auch. Der Knappe heiratete Kunigunde und wurde König des Landes. Kunigunde aber war nun keine Jungfrau mehr. Übrigens den Wolf hatte damals der Nackte Bär durch die Luft geworfen, weil der ihm seine Mahlzeit hatte streitig machen wollen.

Der Spielmann

Ein Spielmann lief einsam und allein durch den Wald. Und da ihm langweilig war, nahm er seine Geige und spielte sich eins. Da kam ein Wolf des Wegs. Der Spielmann sah den Wolf und bekam eine große Angst. Er dachte aber bei sich: Ich werde hübsch munter weiterspielen. Vielleicht tut der Wolf mir ja nichts, so lange ich spiele. Und genauso war es auch. So spielte der Spielmann Stunde um Stunde bis ihm seine Arme mit einem Mal vor Müdigkeit herunterfielen und er sich setzte und nun erwartete, seinen Tod zu erleben. Und schon schlich sich der Wolf an den Spielmann heran. Da kam plötzlich ein Fuchs des Wegs. Und als der Wolf den Fuchs sah, wollte er diesen vertreiben und ging auf ihn los. Da sagte der Fuchs: *"Wolf, halt ein. Wir können uns doch die Beute teilen. Es ist doch genug für uns beide da. Ich warte einfach, bis du satt bist und bediene mich dann!"* Zuerst zögerte der Wolf, weil er doch dem Fuchs nicht so recht traute. Doch dann erwiderte er schließlich: *"Einverstanden."* Und so schlichen die beiden zum Spielmann zurück. Doch als der Wolf schon ganz dicht bei dem Spielmann war, raschelte es plötzlich im Gebüsch. Da erschraken Wolf und Fuchs. Es war aber ein kleines Häschen, was nun unter dem Gebüsch hervorkam. Erbost stürmten Wolf und Fuchs auf das Häschen zu. Da hoppelte dieses schnell von dannen und die beiden erzürnten hungrigen Gesellen hinterdrein. Der Spielmann nun nutzte die Gelegenheit und sprang, so schnell er konnte, in die andere Richtung davon. Nun mochte er aber so gar nicht mehr auf seiner Geige fiedeln und lief lieber ruhig durch den Wald. Bald hatte er sich aber so recht verlaufen und machte des Nachts Rast auf einem großen Baum. Am anderen Tag führte ihn der Zufall in ein Flusstal, das von steilen, steinernen Abhängen umgeben war. Hier wird ja wohl kein Wolf kommen, dachte sich der Spielmann, zog seine Geige hervor und begann zu fiedeln. Er hatte noch nicht lange gespielt, da dröhnte eine tiefe Stimme durch die Schlucht: *"Haaaaaaaaaaloooo. Spielmann!"* Da sah sich der Spielmann ängstlich um, sah aber niemanden. *"Hier bin ich!"* Rief es dann noch einmal. Und nun erblickte der Spielmann am Eingang einer Höhle einen Koloss, um den herum drei Tiere lagen, die wohl schliefen. Der Koloss war aber der Nackte Bär. Er hatte sich in einer Höhle schlafen gelegt und war durch das Fiedeln des Spielmanns geweckt worden. Als er aus der Höhle hatte herauskommen wollen, hatten dort das Häschen, der Fuchs und der Wolf gelegen: Alle mausetot. Die drei waren der Reihe nach die Schlucht hinunter ins Flusstal gefallen. Das Häschen zuerst, der Fuchs und der Wolf hinterdrein. Da freute sich der Spielmann, dass er doch noch einen netten Zuhörer gefunden hatte und ihn keiner mehr piesackte. Und der Nackte Bär tanzte alsgleich durch die Morgensonne zur munteren Musik des Spielmanns.

Der Marienkäfer

Ein Marienkäfer flog einmal durch den Wald, setzte sich in eine kleine Höhle und schlief ein. Plötzlich wurde er von einer Stimme geweckt. Die Stimme sagte: *"Heute Nacht werden wir in das Schloss gehen, die Prinzessin rauben und dann wird alles gut werden!"* Gespannt hörte der Marienkäfer zu und flog dann schnell weg. Als er aber losflog, da bemerkte er erst, dass die Höhle das Ohr eines Riesen gewesen war und ein zweiter Riese zu dem ersten gesprochen hatte. Da flog der Marienkäfer schnell zum Schloss, um die Prinzessin zu warnen. Angekommen im Gemach der Prinzessin, flog er sofort zu ihr und setzte sich auf ihre Nase, um ihr alles erzählen zu können. Zuerst erschrak die Prinzessin ein wenig, doch dann gefiel ihr der kleine, rote Käfer mit seinen schwarzen Punkten so sehr, dass sie ihn sich auf ihre Hand setzte und ihm zusah. Der Marienkäfer nun erzählte eine ganze Zeit lang von den beiden Riesen, die die Prinzessin rauben wollten, doch diese konnte den Käfer nicht verstehen, weil er so eine leise und zarte Stimme hatte. Und so verging einige Zeit, bis der Marienkäfer plötzlich losflog, um die Prinzessin aus ihrem Gemach zu locken. Doch es war bereits zu spät. Denn schon kamen die Riesen ins Gemach, nachdem sie zuvor alle Wachen erschlagen hatten. Dann nahmen sie die Prinzessin und gingen von dannen. Der kleine Marienkäfer aber hatte sich einfach im Haar der Prinzessin versteckt. Die Riesen gingen mit der Prinzessin zu einer bösen Hexe, die die Tochter der beiden

Riesen, denn es waren ein Riesenmann und eine Riesenfrau, geraubt hatte. Die Hexe wollte den Riesen ihr Kind nur wieder zurückgeben, wenn sie dafür eine Prinzessin bekäme. So geschah es dann auch. Nun musste die Prinzessin aber für die Hexe alle möglichen Arbeiten erledigen und deren Hexenküche in Ordnung halten. Da kroch der Marienkäfer aus dem Haar der Prinzessin, flog davon durch den Wald und rief immerfort: *"Die Prinzessin braucht Hilfe, die Prinzessin braucht Hilfe!"* Doch niemand hörte den kleinen Marienkäfer mit seiner schwachen Stimme. Da setzte er sich erschöpft in eine kleine Höhle und sagte zu sich selbst: *"Die Prinzessin braucht Hilfe und niemand hilft ihr, weil keiner meine Stimme hört." – "Ich kann dich sehr deutlich hören."* Sagte da plötzlich eine tiefe Stimme. Da wunderte sich der Marienkäfer, doch bald wurde ihm gewahr, dass er wieder in einem Ohr saß. Diesmal in dem Ohr des Nackten Bären! Da erzählte er alles dem Nackten Bären und bat um seine Hilfe. Doch der Nackte Bär war selbst etwas ratlos, weil er Angst vor Hexen hatte, aber da fiel ihm etwas ein: Er hatte schon einmal einer Hexe mit einem Floh seinen Willen abzwingen können. Vielleicht ginge das ja auch mit einer Laus. Und so fing der Marienkäfer eine besonders böse Laus, die er schon immer hatte selbst fressen wollen. Dann setzte er sich bei dem Nackten Bären auf die Schulter und so gingen sie zur Hexe. Kurz vor dem Hexenhäuschen versteckte sich aber der Nackte Bär. Der Marienkäfer indes flog hinein und setzte die Laus im Ohr der Hexe ab. Und so fing die Laus an, die Hexe auszusaugen. Und die Hexe wurde kleiner und kleiner und war bald ganz von der Laus ausgesaugt, bis nur noch eine leere Hülle von der Hexe übrig war. Die Laus aber war ganz dick und schwer geworden und konnte sich nicht mehr rühren. Da holte der Marienkäfer alle seine Verwandten, die ja gerne Läuse fressen und die machten sich alsdann über die Laus her, dass es nur so schmatzte. Der Nackte Bär aber brachte die Prinzessin in das Schloss zurück. Da freute sich der König, der schon überall im Lande nach seiner Tochter hatte suchen lassen. Und nun ließ er für den Nackten Bären ein großes Festmahl geben, wo der sich mal wieder so richtig satt essen konnte. Der Marienkäfer aber blieb bei der Prinzessin und half ihr noch bei so manchen Dingen.

Vom Nashorn, Schwein und Elefanten

Das Nashorn und der Elefant,
Die hatten einst ein Schwein gekannt.
Das Schwein war klein und roch so fein
Und wollt der Freund von jedem sein.

Da sprach das Horn zum Elefanten:
"Das Stinkeschwein ist Dein Du Fanten."
Dem Elefanten das missfiel:
"Hinfort mit ihm Du Nasenstiel."

Das Schwein war traurig und allein,
Da kam der Nackte Bär herein,
Der sagte gleich zu Horn und Fanten,
"Das ist ganz bäldlich überstanten."

Und warf das Schwein im hohen Bogen,
Das kam darauf herangeflogen
Und landete mit lautem Peng
In einem riesigen Basseng.

Es planschte froh in Seifenlauge,
Und hinterher - auch schön fürs Auge -
Roch es nach Blümchen wie die Seife.
War für die Freundschaft doch noch reife.

Da freuten sich das Horn und Fante
Und nahmen es an ihre Kante.
Und einer war an allem Schuld,
Der Nackte Bär, dem galt die Huld.

Den Elefanten und das Horn
Brachte das Schwein noch weit nach vorn.
Was Freundschaft, wenn sie sauber ist,
So leisten kann, Ihr jetzt nun wisst.

Und die Moral von der Geschichte,
Steht ganz am Ende des Gedichte:
Wer frisch gewaschen ist im Vers,
Braucht nicht mal mehr den Nackten Bärs.

Das Ende vom Lied

Ich kann Euch nicht bescheiden, was seither geschah,
Als dass man immer jubeln all die Tiere sah,
Die Schafe und die Schweine und mancher Jägersmann
Sahen in dem Bären nackt den allergrößten Mann.

Ich sag Euch nun nicht weiter von der großen Tat:
Lasst sie doch alle jubeln, fröhlich ist gut Staat.
Wie es im Märchenlande dem Volk hernach geriet,
Hier hat die Mär ein Ende: Das ist das Nackte-Bären-Lied.